월드 익스프레스

앙카 슈투름 글 · 전은경 옮김

움직이는 기차 학교

2부

초록서재

지금까지의 줄거리

플린은 거대한 시멘트 상자인 학교에서 늘 혼자였다. 어느 날 플린에게 유일하게 편안한 느낌을 주었던 욘테 오빠가 사라지고, 욘테가 쓴 짙은 청록색 기차가 그려진 엽서 한 장만이 도착했다.

플린을 제외한 다른 사람들의 눈에는 그 기차가 있는 자리에 고장 난 낡은 소형 궤도차만 보일 뿐이었다. 플린의 눈에만 보이는 엽서 속의 우아한 청록색 기차.

팍팍한 삶에 생기를 잃은 엄마의 얼굴에 약간의 미소라도 띄우고 싶은 마음에 소심한 장난을 치려던 플린.

"'단 한 번'이라도 이성적으로 행동할 수는 없니?"

삶에 지쳐 생명이 사라져 가는 엄마의 얼굴을 본 플린은 마른 빵 조각을 들고, 욘테가 사라진 바이덴보르스텔 역으로 향한다.

욘테 오빠를 찾을 가능성이 하나라도 있다면 엄마는 분명히 다시 옛날 모습으로 돌아갈 터였다.

오래 기다리면
밤바람이 불어온다.
급행열차가 이제 곧 안전하게
너를 싣고 간다.

알 수 없는 서정시를 써 보낸 욘테의 엽서. 늦은 밤까지 기차 역에서 홀로 욘테의 엽서를 바라보던 플린의 앞에 불어오는 바람과 섞인, 흐릿한 하얀 동물이 나타났다. 플린을 향해 천천히 다가오는 그 생명체. 도망치려던 플린의 귀에서 쏴쏴 소리가 들리고 멀리서 삐익 소리도 들려왔다. 차가운 바람이 플린의 얼굴을 스쳤다.

플린이 미처 도망칠 기회를 써 보기도 전에 발밑의 땅이 심하게 흔들리더니, 거대한 뭔가가 역으로 달려 들어왔다. 흔들리는 불빛이 스쳐 지나가고, 송풍관 바람처럼 강력한 돌풍이 플린을 쓰러뜨렸다. 그러다가 바람이 잦아들고, 뭔가 끼익하는 날카로운 소리가 삑삑 소리를 집어삼켰다. 플린이 아픈 팔꿈치를 문지르며 고개를 들었더니…… 아름다운 기차가 눈에 들어왔다.

욘테의 엽서에 그려진 것과 똑같은 우아한 청록색 기차.

플린은 어딘가에 있을 크고 넓은 세상을, 이곳에는 없는 그 세상을 생각했다. 어쩌면 단 한 번의 기회일 수도 있었다.

"두려움 없이 용감하게!"

플린은 욘테 오빠가 항상 외치던 그 말을 되뇌이며, 실종된 오빠를 찾기 위해 아름다운 청록색 기차에 오른다.

마법과 비밀이 가득한, 움직이는 기차 학교에.

그 학교의 이름은 바로!

월드 익스프레스

차 례

월드 익스프레스-
차량 순서

증기 기관차

플레이아데스 성단의 속삭임

화요일 아침 7시 정각, 시끄럽게 덜그럭거리는 소리가 플린을 깨웠다. 마담 플로레트의 알람 시계, 쉴 새 없이 깍깍대며 플린에게 시간을 알려 주는 그 구식 물건이 내는 소음이었다.

플린과 객실을 나누어 쓰는 마담 플로레트는 보이지 않았다. 마담 플로레트의 침대는 주름 하나 없이 깔끔하게 정리된 상태였고, 허공을 떠도는 가벼운 유황과 양치식물 냄새만이 마담이 밤에 이곳에 있었다는 사실을 암시했다.

플린은 한숨을 쉬며 힘겹게 침대에서 일어나, 여전히 덜그럭거리는 알람 시계가 "7시 2분입니다! 일찍 일어나는 새가 벌레를 잡습니다……"라고 알리기 시작하는 순간 정확하게 시계를 한 대 내리쳤다.

"저녁이 되기 전에 그날 하루를 칭찬하면 안 된다는 독일 속담도 있어."

플린이 항의했다. 알람 시계의 소음이 멎었다.

혹시 내가 늦잠을 자서 수업에 늦을까 봐 마담이 일부러 알람을 맞춰 둔 건가? 하지만 나를 걱정해서 그랬으리라고는 도저히 상상

할 수 없네. 플린은 청바지에 파란색 체크무늬 셔츠를 입고 욕실에서 15분 동안 준비한 뒤에 식당차로 향했다.

통로 유리창으로 아침 햇살이 흩어져 들어왔다. 차량 사이 승강단에는 놀랄 만큼 따뜻한 바람이 불었다. 플린은 심호흡을 하고 식당차에 들어섰다. 오늘 아침 식당차는 통유리 전망창을 비추는 흐릿한 빛을 받아 무채색으로 보였다. 식탁에 놓인 물병의 반짝임은 수많은 찻잔에서 피어오르는 연기 때문에 탁해졌고, 공작들이 손에 쥔 은제 식사 도구도 이따금씩 반짝거렸다.

교사 식탁에는 키 작은 무술 교사와 신경이 날카로워 보이는 예의범절 교사 베르트 빌마우가 앉아 있었다. 두 사람은 〈익스프레스-익스프레스〉라는 신문을 유심히 읽는 중이었다.

차량은 평온하고 조용했다. 공작들 대부분은 플린이 있다는 사실에 이제 익숙한 듯했다. 플린이 치아바타 빵과 모차렐라 치즈 몇 조각을 접시에 담고 차도 한 잔 따랐는데도 아무도 빤히 바라보지 않았다. 가라비나는 이번에도 뷔페 옆 식탁에 앉아 있었는데, 영웅 수업 때 그린 그림에 열중하느라 플린에게는 눈길도 주지 않았다. '마담 플로레트에게서 돈을 얼마나 더 뜯어낼 수 있는지 계산하는 모양이네.' 플린이 생각했다. '그게 아니면 스투레 아노이에게 또 한번 창피를 당하기 싫은 건지도 몰라.'

페도르에게 결투를 신청한 그 창백한 남자아이는 토요일 아침 식사 때와 마찬가지로 가라비나의 맞은편에 조용히 앉아 있었다. 스투레 또한 플린을 쳐다보지 않았다. 플린은 이런 상황이 그저 좋기만 했다.

플린은 늘 앉던 자리인 끝 쪽 식탁에 앉아 차를 마시면서, 페그스나 카심이 나타나기를 기다렸다. 카심은 오지 않았고 페그스는 늦잠을 잔 표정으로 수업 시간 3분 전에야 달려 들어왔는데, 늘 그렇듯이 알록달록하고 독특한 차림새였다.

"밤새 옷 디자인 작업을 했어."

페그스가 환하게 웃으며 플린의 접시에 남은 치아바타를 슬쩍 먹었다.

"카심 아직 안 왔어?"

그러고는 대답도 기다리지 않고 눈을 흘겼다.

"걔는 정말 '항상' 지각이야! 우리 서두르자."

페그스와 함께 공작들의 물결을 뚫고 오늘 수업할 차량으로 가면서, 플린은 이런 아침 일과가 틀에 박힌 일 같다고 생각했다. 이런 일상다반사는 월드 익스프레스에서 보내게 될 2주에 무척 유리하게 작용할 터였다.

그러나 일상다반사라고 여기던 그런 일상은 '예의범절' 수업 교사가 병가를 내는 바람에 순식간에 사라졌다.

"방금 전 식당차에서 베르트 빌마우를 봤는데, 아주 건강해 보이던데."

플린이 페그스에게 말했다.

그러자 1학년, 2학년에게 이 소식을 전하러 온 긴 머리의 5학년 남학생은 웃음을 터뜨리며 차량을 떠났다.

"기다려 보자."

페그스도 웃음을 참지 못하며 대답했다.

"빌마우는 일주일에 최소 세 번은 아프다고 말해. 내 생각엔 머리가 좀 이상한 것 같아. 지금 아마 다니엘이 수업을 하라고 설득하는 중일 거야."

수업 시간이 흐르는 동안, 플린은 차량 안을 둘러보고 유리창 바깥으로도 시선을 돌렸다. 차량 벽에 잔뜩 걸려 있는 구식 삽화보다 바깥 지중해 풍경이 훨씬 더 흥미진진해 보였다. 작은 마을들이 짙푸른 호수 만곡에 안겨 있고, 그 위쪽으로는 잿빛 하늘을 배경으로 포도밭이 이어졌다. 유리창 앞에도 걸려 있는 구식 삽화들이 가을 햇살에 반짝여서, 그림들이 마치 움직이는 것처럼 보였다.

플린은 눈을 깜박이고 삽화를 재차 바라봤다. 그랬다……. 그림들이 정말 움직였다! 쉴 새 없이 수화하는 손, 사리(인도의 여자 옷)를 어떻게 입고 나비넥타이는 어떻게 매는지 알려 주는 스케치, 다양한 방식으로 인사하는 손 그림……. 플린은 감탄하며 천장으로 눈을 돌렸다. 밝은색 목제 천장에서 발자국들이 왈츠 박자에 맞춰 빙빙 돌며 댄스 스텝을 가르쳐 주고 있었다.

"내 생각에 예의범절 과목은 아주 흥미진진한 것 같아. 아니, 확실히 그래."

플린이 인정했다.

차량 앞쪽 철문이 열리자, 플린 뒤에 있던 가라비나가 몸을 똑바로 세우고 앉았다.

서늘한 미풍이 안으로 불어오니 빛바랜 삽화들이 나무에서 벗겨지는 묵은 나무껍질처럼 버스럭버스럭 소리를 냈다.

'예의범절' 교사인 베르트 빌마우는 철사처럼 깡말라서, 마치 기

14

차가 일으킨 바람이 우연히 그를 이 차량으로 밀어 넣은 것처럼 보였다. 길쭉한 얼굴이 긴장으로 붉게 물들어 있었다. 등 뒤에서 철문이 닫히자 그는 감방에 갇힌 죄수처럼 화들짝 놀랐다.

플린 옆에서 페그스가 나지막하게 킥킥대며 말했다.

"너는 삽화가 마법으로 가득해서 감탄했잖아. 그런데 유감스럽게도 저 비통한 고양이는 그렇지 않아."

플린은 페그스가 그를 왜 '비통한 고양이'라고 하는지 바로 알아챘다. 빌마우는 손뜨개질한 스웨터를 입고 있었는데, 아주 꽉 끼는 그 스웨터에 수놓인 새끼 호랑이 두 마리 때문에 만화영화에 나오는 등장인물처럼 멍청해 보였다.

차량이 조용해졌다. 모두 그가 수업을 시작하기를 기다렸다.

"유네스 카심은 어디 있죠?"

빌마우가 이렇게 묻곤, 카심이 갑자기 등 뒤에서 나타나 자길 놀라게 할까 봐 두렵다는 듯이 뒤로 빙 돌아서서 살폈다.

"아직 자요."

페그스가 대답했다.

"또 늦잠을 잔다고요?"

빌마우는 화가 난 듯했다. 그가 교탁 서랍을 뒤지는데, 차량 앞쪽 철문이 다시 한번 열리더니 카심이 들어섰다.

"안녕하세요."

카심이 큰 소리로 말하고서 빌마우를 지나쳐 자리로 향했다.

빌마우는 깜짝 놀라 낮게 비명을 지르며 뒤로 획 돌아섰다.

"유네스 카심!"

그가 고함을 지르며 둘둘 말린 종이를 높이 들어 올렸다.

"12월에 열 개 이하의 벌칙 표시를 받아야만 다음 학년으로 진급할 수 있다는 거, 알고 있지요?"

플린은 당황해서 베르트 빌마우와 카심을 번갈아 바라봤다. 벌칙 표시가 뭐지? 그보다 카심은 왜 침대차 쪽이 아니라 기관차 쪽에서 온 거야? 식당차에 있던 나랑 페그스도 모르게 아침 식사를 하는 건 불가능하잖아!

페그스도 어리둥절한 듯했다.

"카심이 어디서 오는 거지? 침대차는 우리 뒤쪽이지, 앞쪽이 아니잖아."

페그스가 나지막하게 쉿소리를 내며 이맛살을 찌푸렸다.

"조용히!"

빌마우가 헛기침을 하고서 손에 들고 있던 종이를 재빠르게 펼쳤다. 종이는 아주 길어서 바닥에 닿았고, 흔들리며 여행하듯 계속 굴러갔다.

"저게 비통한 고양이의 벌점 목록이야."

페그스가 중앙 통로를 굴러가는 한없이 긴 종이 두루마리에 표시된 수많은 빗금 표시를 흘낏 바라보는 플린에게 속삭였다. 그 표시는 이 차량에서 마법으로 움직이지 않는 유일한 기호였다.

"카심이 이미 너무 많은 벌점을 받아 버려서, 죽을 때까지 1학년을 벗어나지 못할까 봐 걱정된다."

페그스가 말했다.

플린은 벌점이라는 게 베르트 빌마우가 공작들의 규칙 위반을 처벌하려는 시도임을 곧장 알아챘다. 어떤 학생이 지각을 하거나 (카싱), 수업 시간에 화장실에 가거나(카싱), 기타 무엇이든 오전 수업 시간을 방해하는 행동을 하면(카싱) 신경이 곤두서서 얼굴에 붉은 꽃이 핀 빌마우가 목록에 표시를 했다. 일반적인 수업에서 이런 방식은 거의 생각도 할 수 없었다.

그래도 어쨌든 플린은 '예의범절' 과목이 문화와 사교라는 두 부분으로 이루어진 게 흥미롭다고 생각했다. 빌마우는 쉬는 시간 전까지 문화 수업을 했는데, 여러 나라에서 문제를 일으키지 않으려면 옷을 어떻게 입고 어떤 행동을 해야 할지 가르쳤다. 사교 수업에서는 연설을 하는 방법과 5코스짜리 식사에 초대받았을 때 해야 할 행동을 삽화를 중심으로 알려 줬다. 플린은 포크와 나이프 사용 순서를 외우기가 너무 힘들었다. 바이덴보르스텔에서는 생선 나이프가 어떻게 생겼는지 알 필요가 전혀 없었다. 그래도 플린은 빌마우가 설명하는 삽화를 수첩에 그렸다.

수업 끝을 알리는 종이 울리자 뒤쪽 책상에 앉았던 가라비나가 비열한 웃음을 터뜨리며 말했다.

"혹시 포크 사용 방법을 적은 거야?"

그러고는 수첩을 겨드랑이에 끼고서 말을 이었다.

"너희 집에서는 감자를 밭에서 바로 먹지 않아?"

그러더니 송로버섯을 찾는 돼지처럼 꿀꿀 소리를 내며 코를 찡긋거렸다.

플린은 이를 악물고서 멋지게 반박할 말이 떠오르면 좋겠다고 생각했다. 하지만 자기 집보다 가라비나 가족이 아마 이런 예의범절에 훨씬 더 익숙할 거라고 인정하는 수밖에 없었다.

다행스럽게도 카심이 옆으로 나서더니, 점심 식사가 기대된다는 듯이 꼬르륵거리는 배를 쓰다듬었다.

"가라비나, 내가 너처럼 몸매에 신경을 써야 한다면 정말이지 짜증 날 거야."

그가 과장된 표정으로 가엾다는 듯이 말했다. 세 사람은 아무 대꾸도 못 하는 가라비나를 남겨 둔 채 점심 식사를 하러 갔다.

식당차는 아주 분주했다. 유리 지붕 위 하늘은 몇 시간 만에 처음으로 개었고, 눈부신 정오 햇살이 차량 내부 공기와 아이들의 웃음을 따뜻하게 데워줬다. 익스프레스는 낮에는 늘 그렇듯 안락하고 매력적인 모습이었다.

'어두워질 때를 기다려.'

플린의 머릿속에서 어떤 목소리가 말했다. 그 목소리는 밤이 되면 모든 게 달라지리라는 것을 알고 있었다.

플린은 오후에 페도르와 함께 파쿠르 대결 훈련을 하려고 창고 차량으로 가다가 다니엘과 부딪쳤다. 그는 도서관 문 바로 옆에 선 채, 시집을 넘겨 보고 있었다.

"아이쿠, 어딜 그렇게 급히 가니?"

다니엘이 책장에 책을 꽂으며 물었다.

"아, 그게……."

플린은 말을 더듬었다. 내가 페도르를 만나러 간다고 말하면 다니엘이 수상하게 생각할까?

다행히도 바로 그때 차량 끝의 문이 열리더니 지저분한 작업복을 입은, 키가 크고 어깨가 넓은 남자가 들어왔다.

"교대 시간이야?"

다니엘이 기분 좋은 표정으로 물었다.

남자는 "흐음." 소리만 내고는 플린을 흘낏 바라봤다. 플린은 소스라치게 놀라 몸을 움찔했다. 그의 눈빛은 다니엘과 똑같이 날카로웠으나 더 쓸쓸했고, 피곤해 보이는 얼굴의 윤곽도 똑같았지만 더 침울했으며, 머리카락도 똑같았지만 조금 더 어두운 색이었다. 플린은 믿지 못하겠다는 표정으로 두 사람을 번갈아 바라봤다.

남자는 아무 말도 없이 쿵쿵 발소리를 내며 차량을 지나갔다.

"아……."

남자가 나가면서 등 뒤로 문을 닫자 다니엘이 입을 뗐다.

"저 사람은 다소야. 기관차 운전사 중 한 명이지. 그리고……."

그가 헛기침을 하고 말을 이었다.

"내 형이란다."

"돌연변이인 모양이네요."

플린이 자기도 모르게 말했다.

다니엘이 웃음을 터뜨리고, 유리창 너머로 보이는 베로나의 밝은 성벽을 내다봤다. 두 사람의 위쪽 천장에서 세계지도를 따라가며 일어난 모래바람이 플린의 어깨에 먼지를 내려 보냈다. 플린은 옛날 사진 속에 들어가 있는 것 같은 기분이 들었다.

"다소 형이랑 나는 같이 일을 할 수 있어서 기쁘단다. 우리는 한동안 서로 못 보고 지냈지."

다니엘의 말에 플린이 대꾸했다.

"형은 그다지 기뻐 보이지 않던데요."

"아주 기뻐해."

다니엘이 한마디 한마디를 강조해서 다시 말했다.

"기뻐, 기뻐, 기뻐해."

그의 손이 조끼 주머니 쪽으로 향하다 갑자기 화제를 돌렸다.

"관심이 가는 걸 아직 찾지 못했니?"

플린은 그가 무슨 말을 하는지 알아듣지 못했다. 미처 되묻기도 전에 다니엘은 플린을 텅 빈 교실 차량을 지나 자습실 차량으로 밀고 갔다. 첫 번째 자습실의 천장에 붙어 있는 오래된 청록색 차표들은 오후 햇살 아래 빛이 바래 보였고, 그다지 강한 인상을 주지 않았다.

두 번째 자습실 차량은 플린과 친구들이 가라비나와 스투레 아노이를 만났던 일요일 밤과 똑같은 모습이었다. 수없이 많은 창가에 낡은 나무 책상들이 놓여 있고, 책상 사이엔 메모지와 스케치와 책에서 떼어난 페이지들이 잔뜩 꽂힌 칸막이가 있었다.

검소한 이 공간은 낮엔 환하고 친근해 보였지만 그다지 관심을 끌 만한 것은 없었다. 책상 위에는 무거운 정적이 드리워져 있었다. 바퀴가 달린 의자는 거의 빈자리 없이 고학년 공작들이 앉아서 책과 스케치와 지도를 들여다보고 있었다. 플린에게 눈길을 주는 사람은 아무도 없었다.

"넌 분명히 흥미로운 주제를 찾아낼 거야. 아…… 저기 보렴. 운 좋게도 한 자리가 비었네!"

다니엘은 플린의 어깨에 양손을 올리고는 차량 끝 부근 책상에 억지로 앉혔다.

"넌 할 수 있어. 하루에 겨우 두 시간이다. 침묵의 의무, 잊지 말아라."

그가 손을 흔들고 기차 끝 쪽으로 향했다.

플린은 어안이 벙벙해서 그의 뒷모습을 빤히 노려봤다.

"자습 시간이야."

옆 책상에서 목소리가 들려왔다. 옆자리에 앉아 있던 카심이 플린 쪽으로 몸을 숙였다.

"하루 두 시간은 이곳에 앉아서 교과서를 뒤적이든지 뭔가를 하면서 지루하게 시간을 보내야 한다는 뜻이지."

그러고는 덧붙였다.

"네 말이 맞아. 다니엘이 너에게 자꾸 뭔가를 시키려고 하네. 진짜 수상하다."

통로 건너편에 있던 3학년 학생 한 명이 "쉿!" 소리를 내자, 카심은 한숨을 내쉬고 칸막이 뒤편으로 사라졌다.

플린은 자리에 쭈그리고 앉아 있었다. 정말 오후에 여기서 시간을 보내며, 뭔가 공부하는 척해야 하나? 이게 무슨 시간 낭비란 말인가! 플린은 짜증이 나서 사방으로 눈을 돌리다가…… 움직임을 멈추었다. 차량 천장 전체가 한 폭의 그림이었다. 나이 든 어떤 남자가 넓은 경치 속에 있었다. 그러나 플린의 시선을 잡아끈 것은 철문에서 다른 철문까지 이어 그려진 초록 풀이 무성한 물가도, 남자의 평화로운 눈빛도 아니고 그 사이에 있는 것이었다.

남자의 그림자 속에 동물 세 마리가 서 있었다. 플린이 올려다볼수록 동물들의 하얀 털이 점점 바래지더니, 나중엔 거미줄이 천장 그림을 뒤덮은 듯 투명한 세 동물의 그림자만 남았다. 작고 둥근 새와 겁이 많은 눈빛의 산토끼, 그리고 그 뒤에 호랑이가 있었다! 천장에서 쏘아보는 호랑이의 눈길이 느껴졌다.

호랑이는 크고, 날렵하고, 흐릿했다.

시간이 멈춘 느낌이었다. 플린의 시선이 남자와 동물을 오가며 그림을 훑었다. 유령처럼 하얀 호랑이 털 이외에는 아무것도 알아 볼 수 없었다. 저 동물의 옆구리가 정말 오르락내리락하는 건가, 아니면 그냥 착각인가?

플린은 목구멍이 바짝 마른 채, 남자의 발치에 적힌 글귀를 노려봤다.

행운은 용감한 자를 돕는다.

그 옆에 연도가 쓰여 있었다.

1832

180년 이상이 지났다. 호랑이가 이렇게 나이 들 리는 없어. 하지만…… 생생하게 살아 있는 호랑이를 분명히 봤는데!

"학교 창립자를 발견했구나."

옆에 있던 카심이 말했다. 그는 칸막이에 또 기대어 있었다. 교과서보다 좀더 흥미로운 걸 찾고 싶은 모양이었다.

플린은 눈을 깜박거렸다. 저 사람이 조지 스티븐슨이라고? 마법에 뛰어난 마지막 인물? 그렇게 엄청난 사람처럼 보이지는 않잖아. 플린의 시선이 스티븐슨에게서 호랑이로 옮겨 갔다. 왜 나만 볼 수 있지? 설명할 길이 없었다.

"노려본다고 그분이 날씬해지지는 않아."

카심이 말했다. 플린은 카심을 조심스럽게 살폈다. 그 역시 천장 그림에서 호랑이를 보지 못하는 게 분명했다. 새와 토끼도 안 보일까? 통로 건너편에서 다시 짜증이 섞인 "쉬잇!" 소리가 들려왔다. 카심은 눈을 흘기고는 지루하다는 눈빛을 보이면서 칸막이 뒤로 사라졌다.

플린은 곰곰이 생각에 잠겼다. 나는 공작도 아니고 그저 안개 공작에 불과해. 그런데 왜 하필 '내'가 호랑이를 볼까?

혼란에 빠진 채로, 바닥의 크림소다 빈 병들 옆에 놓인 기차 신문 〈익스프레스-익스프레스〉 한 부를 집어 들고 읽기 시작했다. 1면에 날짜와 날씨, 기차의 현재 위치(돌로미티 산맥 오른쪽, 베네치아 만 왼쪽)가 적혀 있었다. 그런 다음…… 플린에 관한 긴 기사가 시작됐다!

플린 나이팅게일, 그리고 그 아이가
기차에 뛰어오른 이유

플린은 소스라치게 놀라 제목을 노려봤다.

기사는 다음과 같았다.

현재 월드 익스프레스의 최대 관심사인 플린 나이팅게일ー나이 13세(외모는 12세), 성별 여자(외모는 그렇게 보이지 않음)ー은 스스로에 대해 이렇게 말한다. "응, 힘들어. 하지만 너희와 달리, 나는 평범하다는 사실을 잘 알고 있어."

교장 다니엘은 이 소녀를 동정하여 일단 받아들였다. 또 다른 나이팅게일 아이와 마찬가지로……

-7면에 이어집니다.

플린은 숨을 헐떡였다. '또 다른 나이팅게일 아이!'

손가락을 떨며 신문을 넘겼다. 2면, 3면, 4면……은 다음 여정에 관한 정보들ー일요일과 월요일 사이에 사랑받는 스위스의 노선을 지납니다. 유명한 란트바서 다리, 그리고 이 다리와 매끄럽게 연결되는 란트바서 터널을 지나는 노선입니다ー 과 별점, 큰 관심을 일으킨 라헨스나프 신상품 광고로 가득했다. 플린은 다급하게 신문을 넘겼다. 라테피의 '기가 막힌 수프 요리법' 뒤에 드디어 1면의 후속 기사가 이어졌다.

……그러므로 플린 나이팅게일은 월드 익스프레스에서 학업을 마치지는 않을 것이다. 이 아이가 어떤 학교에 가게 될지는 아직 모른다. 다행이다.

"너희 공작들과 달리, 나는 평범하다는 사실을 잘 알고 있어."

플린은 우울한 기분으로 중얼거렸다. 그러다가 욘테가 떠올랐다. 누군가 오빠를 기억했어! 오빠 흔적이 남아 있네!

플린이 벌떡 일어났다. 너무 급하게 일어나는 바람에 책상에 있던 〈익스프레스-익스프레스〉가 펄럭였다. 건너편에서 3학년 학생한 명이 플린 쪽으로 몸을 돌렸다.

"그래, '쉬잇'이라고? 안다고, 알아."

플린은 눈을 흘기며 투덜거리고는 억지로 자리에 앉았다. 이 기사를 쓴 사람을 반드시 찾아야 했다. 심장을 두근거리며 신문에 몸을 숙이고, 양쪽 기사를 뜯어냈다.

고개를 들었을 때, 가라비나와 눈이 마주쳤다. 가라비나는 마치 신하들에게 에워싸인 여왕처럼 차량 한복판 자리에 앉아, 눈을 가늘게 뜨고 플린을 노려보고 있었다. 플린은 신문 기사를 다급하게 바지 주머니에 넣고 회전의자를 돌렸다. 바깥에서 보슬비가 유리창을 두드렸다. 빗방울의 섬세한 노크 소리가 아주 오랜만에 무척 생기 있게 들렸다. 겨울이 다가온다는 나지막한 예고였다. 행운이 올 거라는 예감도 들어 있는 듯했다.

저녁에 페도르를 다시 찾아가기 전에, 플린은 페그스와 카심에게 〈익스프레스-익스프레스〉에 대해 물어볼 작정이었다.

그 둘은 식당차에서 저녁 식사 중이었다. 덜컹거리는 차량의 바퀴 소리는 식기들이 달그락거리는 소리에 묻히고, 저물어 가는 황혼에 잠긴 유리창은 아이들의 모습만 비췄다.

플린은 사보이 양배추와 콩 수프를 두 접시, 세 접시, 네 접시 가득 담아 교사 식탁 옆을 지나 하나씩 나르고 있는 카심을 초조하게 바라봤다. 마담 플로레트가 다섯 번째 접시에서 인내심을 잃고 야단을 치자, 카심은 무척 만족스러운 표정이었다. 히죽히죽 웃으며 플린 옆에 앉아서 첫 번째 접시를 끌어당겼다.

"너, 아무리 먹어도 배가 부르지 않아?"

플린이 놀라서 물었다.

바이덴보르스텔에서는 매일 마른 빵만 먹었으므로, 플린은 라테피가 만든 음식을 대부분 무척 맛있다고 생각했다. 하지만 수프가 덩어리지고 거품이 생기며, 입안에 들어가면 제멋대로 살아나는 것처럼 느껴질 때도 가끔 있었다. 오늘이 바로 그런 날이었다.

카심은 전혀 느끼지 못하는 듯했다.

"응, 마담 플로레트한테 아무리 욕을 많이 먹어도 배가 안 불러. 마담이 오늘 아주 제대로 흥분하면 좋겠다. 후식을 다섯 번 가져다 먹으면 목록에 오르기에 충분하겠지."

플린은 일단 페그스를 바라보고, 카심에게 시선을 돌렸다. 또 이상한 목록 이야기네! 페그스가 경고하듯이 고개를 저었지만 플린은 결국 질문을 던졌다.

"무슨 뜻이야? 목록이 뭐지?"

페그스가 짜증스러운 표정을 짓고 한숨을 내쉬었다. 카심이 웃으면서 뭔가 막 말하려고 하는데 페그스가 가로챘다.

"너, 알고 싶지 않을 거야. 내 말 믿어. 멍청한 남자애들에게 해당하니까."

그런 다음 몸을 앞으로 숙이고 말했다.

"아마도 '전략과 확신'이라는 주제를 위한 실험이라고 표현할 수 있을 거야."

그러고는 멈췄다가 또 덧붙였다.

"어쨌든 카심은 그렇게 믿어."

"그렇구나."

플린은 모호하게 대꾸했다. 머릿속은 온통 욘테를 언급한 신문 기사로 가득했다. 플린은 바지 주머니에서 신문을 끄집어냈다.

옆에 있던 카심이 수프에 숟가락을 첨벙 담갔다.

"여자들은 왜 옆에 남자가 전혀 없는 것처럼 말하지?"

모욕을 당했다는 듯한 목소리였다.

옆 식탁에서 가라비나가 즉각 대꾸했다.

"남자? 여기 '남자'가 어디 있어?"

카심이 심호흡을 했다. 플린은 그가 몸을 돌려서 가라비나와 싸우기 전에 식탁에 얼른 신문 기사를 내려놓았다.

"여기에 대해 뭐 할 말 없어?"

페그스는 수프 접시를 옆으로 밀어냈다.

"전혀 없지."

그러고서 기사를 대충 훑어봤다.

"누가 이 신문을 쓰는지 아는 사람이 없으니까. 난 올해 초에 편집 일을 함께하려고 시도했었는데 실패했어. 그 신문을 쓰는 사람들과는 연락할 방법이 없어."

카심이 슬그머니 페그스의 접시를 움켜쥐고 말했다.

"허튼 소리만 써 대니 당연하지."

그가 수프를 한 숟가락 가득 입에 넣었다.

페그스는 어깨를 으쓱하고 신문을 플린에게 건넸다. 그러나 플 27

린이 미처 잡을 사이도 없이 손 하나가 번개처럼 내려오더니, 매가 참새를 채 가듯 허공에서 종이를 낚아챘다.

"가라비나, 알려 줘서 고마워요. 범행 증거가 여기 있네요."

땅바닥에서 솟아난 듯이 불쑥 나타난 마담 플로레트가 식탁 옆에 서서 눈을 크게 뜨고 신문 기사를 살폈다.

"이거 읽었나요?"

마담은 화장을 했는데도 얼굴이 창백하고, 목소리가 떨렸다.

"아니요."

플린이 얼른 대답했다.

마담 플로레트는 확연하게 눈에 띌 만큼 정신 차리려고 노력하는 중이었다. 플린은 마담이 이렇게 불안해하는 모습을 처음 봤다.

"당신이 뜯은 신문은 기차 소유예요!"

마담은 순식간에 신문지를 구기더니, 차량 끝 쪽으로 가서 철문을 열고 바깥으로 던졌다.

"아! 안 돼요!"

플린이 소리쳤다. 하지만 문장을 미처 끝맺기도 전에, 바람이 불어 구겨진 그 종이는 멀리 날아갔다.

"그건……."

'새로운 희망이었다고요.'

"뭐요?"

이제 정신을 완전히 다시 찾은 듯한 마담 플로레트가 물었다.

"이티겔, 그건 뭐였는데요?"

"아무것도 아니에요."

마담이 웅얼웅얼 대답하는 플린을 내려다보며 말했다.

"나도 그렇게 조언해 주고 싶군요."

그런 다음 가려고 몸을 돌렸다가 걸음을 멈췄다.

"유네스 카심, 그 끔찍한 머리카락 염색이나 어서 씻어 내요!"

플린은 이날 저녁 내내 별로 말이 없었다. 파쿠르 대결 훈련을 하는 페도르를 조용히 돕기만 했다. 페도르의 팔굽혀펴기 횟수를 세고, 역기 대신 조개탄을 드는 걸 도와주면서 크림소다를 수없이 마셨다.

플린은 마담 플로레트와 가라비나와 온 세상에 분노했지만, 무엇보다 그 신문을 조심스럽게 다루지 않은 자신에게 더 화가 났다.

플린과 페도르가 침대차로 향할 때에는 22시 종소리가 이미 잦아든 후였다. 기차는 나지막하게 들리는 바퀴의 덜컹거림과 첫 번째 자습실 천장에 그려진 스티븐슨의 초상화를 빼고는 텅 비어 있었다. 블라인드 아래 틈새로 그림자가 스며들고, 철문을 열자 차가운 밤바람이 울부짖으며 밀려들었다.

'영웅' 차량에서 페도르가 걸음을 멈추고 말했다.

"저기, 플레이아데스를 봐. 정말 아름답지 않아?"

"뭐?"

천장으로 시선을 돌린 플린은 숨이 멎을 것 같았다.

"성단 말이야. 플레이아데스 성단."

플레이아데스가 누구인지 또는 무엇인지는 전혀 중요하지가 않았다. 플린은 자기 눈을 믿을 수 없었다.

"페도르, 저건 마치……."

'네 눈에서 반짝이는 광점 같아!'

낮에는 별자리들이 움직이는 천장 전체에 지금은 다이아몬드가 가득 들어차서 반짝이는 듯했다. 너무나 강렬하게 반짝여서 그 빛이 차량 전체를 채웠다. 플린은 수백 마리 은빛 반딧불이 한가운데에 있는 듯한 기분이었다.

"밤에만 이렇게 빛나."

페도르가 말했다.

"그래서 훈련을 오랫동안 한 거야. 오늘 네가 너무 슬퍼 보여서."

그가 자기 목덜미를 쓸며 물었다.

"마음에 들어?"

플린이 나지막하게 웃음을 터뜨리며 몸을 돌렸다.

"페도르, 말 그대로 별을 잡을 수 있을 것 같아. 고마워."

그가 양손을 주머니에 넣었다.

"내가 만든 건 아니야."

플린의 입꼬리가 움찔거렸다.

"하지만 네가 보여 줬잖아."

플린이 페도르에게 가까이 다가갔다. 두 사람 사이 자기력이 너무 강력해서, 웅웅거리는 소리가 들리는 듯했다.

플린은 숨이 멎었다. 그랬다, 정말 뭔가 웅웅거렸다. 머릿속에서 들리는 소리가 아니었다.

페도르가 무슨 일이냐는 듯이 플린을 바라봤다.

30 "플린, 왜 그래?"

플린은 페도르에게 신경도 쓰지 않았다. 또 들려! 나지막한 속삭임이 널리 메아리치고 있어.

"플린, 괜찮아?"

"조용히 해 봐."

플린이 눈을 감았다. 그건 메아리가 아니라 수없이 많은 목소리였다. 플린의 눈썹이 천장 별자리처럼 불규칙하게 깜박였다.

아니, 잠깐……. 플린이 눈을 뜨고 소리쳤다.

"별이야! 별들이 우리에게 말을 하고 있어!"

"말도 안 되는 소리."

페도르는 기분이 상한 모양이었다.

플린은 놀라서 숨도 쉬지 못한 채 그를 바라봤다.

"저 소리 안 들려? 별들이 무슨 말을 하는지 알고 싶지 않아?"

페도르는 까마귀처럼 새까만 머리카락을 쓸었다.

"좋아, '네'가 알고 싶다면 그러든가."

그러고는 팔짱을 낀 채 입을 다물었다.

플린은 다시 눈을 감고 귀를 기울였다. 분명 눈을 감았는데도 별들의 은빛 깜박임이 어둠 속에서 반짝이는 바늘처럼 두드러져 보였다. 속삭임은 플린이 해석도 하기 전에 바퀴의 덜컹거림과 섞였다. 둘은 우주의 중심에 축처럼 그저 서 있기만 했다. 한없이 길게 느껴지는 몇 초가 지난 뒤에 플린은 그 별자리가 무슨 말을 하는지 불현듯 깨달았다.

"…… 유리 뒤쪽에 밀봉된…… 유리 뒤쪽에……."

"유리 뒤쪽에."

플린이 속삭였다.

"페도르, 이게 무슨 뜻이야?"

"너한테는 나보다 월드 익스프레스가 훨씬 중요하다는 뜻이지."

페도르가 양손을 주머니에 넣은 채 대꾸했다.

"바보 같은 소리하지 마. 기차가 아니라 욘테가 중요한 거야."

플린은 화를 내는 게 아니라 지금 너를 놀리는 중이라는 표시로 싱긋 웃었다.

페도르는 플린의 손을 잡고 차량 바깥으로 나갔다. 그의 손은 따뜻하고, 석탄 먼지 때문에 깔깔했다.

"무슨 뜻인지 전혀 모르겠어."

페도르가 말했다. 그리고 밤바람만큼 나지막하게 덧붙였다.

"하지만 월드 익스프레스에서 무언가 낭만적인 걸 해 내기가 얼마나 어려운지는 알아."

유리 뒤쪽에 밀봉된

플린이 화요일에 원했던 일상다반사는 다음 날에도 없었다. 게다가 수요일은 무술 수업 때문에 밤에 속삭이는 별들에 대해 페그스에게 이야기할 시간도 없었다.

카심은 또 아침 식사에 나타나지 않았다. 식당차의 공작들 사이에는 긴장감이 감돌았다. 키가 작은 대머리 이탈리아인 체육 교사 구아르다 피오레가 군사 제독처럼 식탁을 따라 걸으면서, 식사로 뭘 골랐는지 검사했기 때문이다.

"아니, 이건 전혀 안 좋은데."

그는 동료들의 식탁까지도 검사했다.

"이럴 수가, 아침부터 꿀 케이크와 크레페라니!"

그러고는 우아한 동작으로 마담 플로레트의 접시를 집어 들고 말했다.

"페이, 뭔가 좀 더 가벼운 걸로 가지고 오세요."

플린은 체육 교사의 이런 행동을 믿을 수 없었다. 페그스와 플린은 그가 자기들 식탁으로 오기 전에 얼른 크레페를 입으로 욱여넣으며, 마담이 폭발하기를 기다렸다.

"카심은 아직 편안하게 침대에 누워 있는데, 우리는 아침 식사 검사까지 받아야 한다니 말도 안 돼."

페그스가 나지막하게 툴툴거렸다.

"수요일마다 매번 이래."

플린은 페그스가 기분이 나쁜 이유가 카심 때문인지 아니면 체육 교사 때문인지 알 수 없었다. 뭔가 기운을 돋우는 말을 막 하려는데, 기차가 덜컹거리는 바람에 식탁 모서리에 몸이 부딪쳤다. 식탁에서 식사 도구들이 미끄러지고, 라코베의 개 브루투스가 볼링 공처럼 통로를 굴렀다. 비상 제동을 한 것처럼 끼이익 소리가 났다. 금속 위에 금속이 미끄러지는 소리가 들린 후에 정적이 찾아왔다. 기차가 멈췄다.

낮게 숨을 헉헉 쉬던 플린은 주변의 공작들이 마치 아무 일도 없었다는 듯이 다시 이야기를 시작하는 모습에 놀랐다.

"다소가 이번에는 장소 선택에 아주 뛰어난 실력을 발휘했네."

페그스가 이를 악물고 칭찬했다.

"하지만 그러거나 말거나 내가 운동을 끔찍하게 생각한다는 점에는 변함이 없어."

플린은 어리둥절한 채 페그스를 따라 유리창으로 눈길을 돌렸다. 유리창 너머로, 회청색 하늘 아래 황금빛 가을 숲이 지평선까지 펼쳐져 있었다. 창틀 아래 글자가 이곳이 '슬로베니아 트리글라브 국립공원 경계'라고 알려 줬다.

날카로운 호루라기 소리에 플린은 정신이 번쩍 들었다. 체육 교사 구아르다 피오레가 만보기와 스톱워치를 섞은 듯한 모양의 호루라기를 들고 앞쪽 철문에 서 있었다.

플린과 페그스는 서둘러 빈 접시를 뷔페에 가져다 두고, 웃고 하품을 하며 승강장 가장자리로 내려가는 학생들 틈에 섞였다.

파도치는 풀들이 승강장에서 숲까지 펼쳐진 풀밭은 밤안개로 축축했다. 무릎까지 오는 풀 사이로 이슬에 젖은 거미줄이 공중에 떠 있었다. 날씨가 편안할 정도로 온화해서, 플린은 가장 얇은 체크무늬 셔츠를 입었지만 춥지 않았다. 풀줄기를 지나가는 산들바람에 꽃가루와 아주 작은 나방들이 얼굴을 스쳐 갔다. 플린은 심호흡을 하고 페그스와 나란히 첫째 줄 끝에 섰다. 뒤에는 고학년들이 서 있었다.

무술 수업은 모든 공작이 동시에 함께했다. 플린은 불안했다. 학생이 많다는 건 자기가 창피를 당할 때 구경꾼이 더 많다는 뜻이니까. 하지만 최악은 그게 아니었다. 페그스까지 포함해서 모두 청록색 조깅 바지와 학교 로고가 찍힌 티셔츠를 입고 있다는 점이었다.

그런 옷과 운동화가 자기 옷장에도 있다는 사실이 떠올랐다. 하지만 아침 식사가 끝나고 옷을 갈아입을 시간이 없다는 건 몰랐다. 사실 무술 수업을 하는 것조차 알지 못했다.

"왜 하필 무술이야?"

플린이 페그스에게 나지막하게 물었다. 피오레는 그 줄의 다른 쪽 끝에서 가라비나에게, 몸을 뻣뻣하게 하면 허리에 좋지 않다고 가르치는 중이었다.

페그스는 어깨를 으쓱하고 대답했다.

"글쎄, 전통이겠지."

35

"뭐라고요?"

줄 끝에서 피오레가 고함을 지르며 페그스를 노려봤다.

가라비나가 앞으로 몸을 내밀더니 '얼마나 멍청하면 저럴까!' 하는 눈빛으로 이쪽을 바라봤다.

플린은 뒤에 있는 2학년 학생들이 초조해하는 걸 느끼고는, 불안한 마음에 허리까지 오는 풀을 잡고 이리저리 돌렸다.

"전통이라고요?"

체육 교사가 계속 목소리를 높였다.

"흥! 여러분 모두 월드 익스프레스를 졸업하면 저절로 예술가나 과학자, 또는······."

그의 눈이 반짝였다.

"혁명가가 된다고 믿겠지요. 하지만 그렇지 않습니다."

플린은 숨을 꿀꺽 삼켰다. 체육 교사는 뒷짐을 지고 페그스 바로 앞에 서서, 알록달록한 머리핀을 노려봤다.

"공작이 세상에서 수행하는 아주 작은 역할도 적을 만듭니다."

그가 눈을 들어 무리를 바라보며 말을 이었다.

"그러니 그런 사람들을 어떻게 대해야 할지 배워야 해요."

플린은 눈썹을 치켜세웠다.

"뭐라고요? 적을 그냥 때리라는 건가요?"

곰곰이 생각하기도 전에 말이 먼저 튀어 나갔다.

구아르다 피오레는 플린 쪽으로 고개를 돌렸다. 그의 차가운 눈빛에 플린은 몸이 쪼그라드는 느낌이었다. 플린이 기차에 있는 걸 원하지 않는 교사는 마담 플로레트만이 아닌 모양이었다.

"그 문제를 위해서라면 금요일에 '의사소통'을 배우지요."

뒤에서 카심의 목소리가 들려왔다. 플린은 화들짝 놀라 몸을 돌렸다. 2학년 학생들 어깨 사이로, 헝클어진 그의 파란색 머리카락이 움직이는 게 보였다. 청록색 바다를 헤엄치는 파란 상어 지느러미 같았다.

페그스는 한숨을 쉬고 굳은 눈길로 앞을 노려보며 소곤거렸다.

"또 지각이네!"

바로 다음 순간, 청록색 운동복에 얼굴 가득 웃음 띤 카심이 플린 옆에 와서 섰다.

"선생님, 안녕하세요?"

카심이 인사를 하고는 해명하듯이 덧붙였다.

"'말로 해결되지 않는 모든 갈등은 전쟁을 일으킬 수도 있다.' 다니엘 휠러 교장 선생님의 말을 인용한 겁니다. 월드 익스프레스에서 두 분이 어떤 입장인지 서로 의논하시고 의견을 좀 통일하셔야겠네요. 안 그런가요?"

플린은 놀라움과 감동이 섞인 눈빛으로 카심을 흘낏 바라봤다.

구아르다 피오레는 여전히 플린의 체크무늬 셔츠와 청바지를 노려보는 중이었다.

"지각이군요."

그가 쥐어짜듯 말하고서 카심에게 시선을 돌렸다.

"지난주 수요일처럼. 그리고 그 한 주 전처럼. 또 5주 전처럼."

구아르다 피오레가 한 걸음 물러나서 플린과 페그스, 카심을 동시에 보며 말했다.

"여러분 세 명, 이 조합이 전혀 마음에 들지 않아요. 세 사람의 잘못된 행동 때문에 햇병아리 전체가 오전 내내 지구력 훈련을 할 겁니다."

한숨 소리가 1학년들 사이를 지나갔다. "또!" 갈색 머리카락의 작은 남자아이가 새된 소리를 냈고, 가라비나는 짜증난다는 표정으로 고개를 저었다.

뒤에서 2학년들이 안도의 숨을 내쉬는 소리가 들렸다.

"나이팅게일, 필요한 경우 자신을 어떻게 방어할 건가요?"

공작들의 소음을 무시하고 구아르다 피오레가 물었다.

플린은 인상을 찌푸렸다. 왜 내가 늘 관심의 한복판에 있어야 하는거지?

"난 부메랑을 잘 다뤄요."

플린이 어깨를 으쓱하며 대답했다.

구아르다 피오레는 마치 플린에게 위협이라도 받았다는 듯이 눈을 크게 떴다.

"마법 공학적인 무기는 금지되어 있습니다!"

그가 놀라서 고함을 지르고 플린에게서 돌아섰다.

"가장 많이 달린 햇병아리는 1롤링을 받습니다. 만보기를 차고 출발하세요. 그리고 2학년은……."

망설이던 플린은 페그스를 따라서 식당차 앞쪽 승강장에 놓여 있는, 째깍거리는 금빛 만보기들이 들어 있는 상자로 향했다.

"나는 분명히 부메랑이라고 말했는데. 안 그래?"

플린은 풀을 손으로 훑으며 나지막하게 물었다.

도대체 언제부터 부메랑이 마법 공학적인 물건이 됐지? 정말 그렇다면 내가 알았을 게 아닌가!

플린은 만보기를 손목에 찼다. 금제 손목시계처럼 보였지만 시간 대신 발걸음 수가 표시됐다. 플린은 글자판을 자세히 들여다봤다. '3.5걸음'이라는 글자가 플린이 계속 걷기를 기다리듯이 깜박였다. 그 아래에는 '소파에서 냉장고까지의 거리에 해당'이라고 쓰여 있었다.

"아이고, 동기 부여가 팍팍 되네."

플린은 이렇게 중얼거리며 숲을 건너다봤다. 가라비나와 스투레는 이미 숲 입구에서 몸을 푸는 중이었다.

"학생들을 낯선 숲에 그냥 이렇게 돌아다니게 하는 거, 위험하지 않아?"

플린이 페그스에게 물었다.

페그스는 수다를 떨 기분이 아닌 것 같았다.

"다소는 운동 장소를 항상 몇 주 전에 미리 골라. 모두 철저히 조사된 곳이라서 안전해."

플린은 페그스의 목소리가 그 사실 때문에 약간 실망한 것처럼 들린다고 생각했다.

카심이 셋 중에 제일 먼저 움직였다.

"하벨만, 그렇게 울적한 표정은 그만둬."

그가 페그스에게 말하고 풀밭을 가로질러 숲을 향해 뛰어갔다.

"어쨌든 우리가 대화를 나눌 수 있는 기회잖아."

"그래, 그런 시간이 꼭 있어야 해."

감시를 받지 않는 이 오전에, 플린은 페그스와 카심에게 밤에 속삭이는 별들에 대해 반드시 이야기하고 싶었다.

"말도 안 돼!"

플린이 두 사람에게 이야기를 마쳤을 때 페그스가 소리쳤다. 그러고는 옆구리가 쑤신지 한숨을 내쉬었다. 넓은 슬로베니아 숲으로 학생들을 쫓아 보내 몇 바퀴 달리게 하는 동안, 구아르다 피오레는 무자비한 운동 광신자라는 본색을 드러냈다. 잠깐 서 있는 햇병아리 하나가 시야에 들어오면, 그는 햇병아리가 손목에 차고 있는 만보기에 근질거리는 짧은 전기 충격을 보냈다.

"저 사람, 제정신이 아니다!"

선로 가장자리에서 잠깐 쉬다가 짧은 전기 충격을 처음 받은 플린이 숨을 헉헉 내쉬며 말했다.

플린과 페그스와 카심은 교사와 월드 익스프레스가 시야에서 사라지자마자 뒤로 처졌다. 거의 세 바퀴나 달린 후였다.

"정말 특별했어."

플린이 어젯밤을 생각하며 말했다.

"누가?"

카심이 그대로 선 채 물었다. 플린은 그가 머리띠를 똑바로 쓰려고 몇 미터에 한 번씩 멈춰 서는 페그스를 뒤에 혼자 남겨 두지 않으려고 일부러 천천히 달린다는 인상을 받았다.

"너, 이미 아주 멋져."

페그스가 또 멈춰 서자 카심이 짜증을 내며 말했다. 그 다음 플린에게 다시 물었다.

"누가?"

"별이 총총한 하늘이지. 달리 뭐겠어?"

플린이 재빨리 대답했다. 어제 페도르와 함께 있었다는 말은 두 사람에게 하지 않았고, 앞으로 할 마음도 없었다. 플레이아데스 성단처럼 반짝이는 이 추억은 자기만의 것이었다. 플린은 속으로 미소를 지으며, 자신의 목록에 플레이아데스 성단이라는 새로운 단어를 추가했다.

"우리 부모님은 속삭이는 별자리 이야기를 한 적이 없는데."

페그스가 이렇게 말하고 다시 달리기 시작했다.

"그런 건 불가능하잖아……. 아!"

그러고는 재차 "아!"라고 크게 소리 지르고서 그 자리에 뿌리내린 듯 멈춰 섰다.

카심도 한숨을 쉬며 걸음을 멈추고 말했다.

"너희들, 제일 많이 달린 공작이 1롤링을 받는다는 거 알아?"

플린이 눈썹을 치켜세우며 물었다.

"그런데 너 그걸 포기하겠다고?"

카심이 뭐라고 대답을 했지만, 플린이 전혀 알아들을 수 없는 말이었다.

"너 왜 그래? 그게 무슨 언어야?"

플린이 당황해서 물었다. 힌디어 또는 어쨌든 그것과 비슷한 언어인 듯했다.

"우리, 너무 멀리 왔어."

페그스가 주변을 둘러보며 말했다.

"익스프레스에서 말이야. 의사소통은 기차 내부, 그리고 기차 밖 100미터까지만 가능해. 마법에도 한계는 있어."

플린은 페그스를 빤히 바라봤다. 기차에 탄 공작과 교사들이 모두 독일어를 하지는 않는다는 사실이 그제야 떠올랐다. 세계 각국에서 온 사람들이니까.

"그런데 '너'는 내 말을 알아듣잖아. 그건 어떻게 가능해?"

플린이 묻자, 페그스가 뿌듯한 표정으로 대답했다.

"나는 '네가 나를 떠난다면'을 독일어와 프랑스어, 이탈리아어로 부를 수 있어. 세 가지 언어를 들으며 자랐으니까."

옆에 있던 카심이 짜증스럽다는 몸짓을 했다. 말을 알아듣지 못하고 옆에 서 있으려니 답답한 모양이었다. 카심은 자기 만보기를 가리켰다.

플린도 자기 손목에 찬 만보기를 내려다봤다. '2917걸음'이라고, '호엔불쉬에서 아렌스베르크까지 거리에 해당'이라고 쓰여 있었다.

"나는 호엔불쉬가 누군지, 뭔지 전혀 몰라."

플린이 중얼거렸다. 그런데 그 옆에 아주 작은 숫자로 시각도 쓰여 있었다. 11시 55분. '12시 5분 전에 해당한다는 뜻이잖아.'

"서두르자!"

플린이 말했다. 세 사람은 월드 익스프레스 쪽으로 움직이기 시작했다. 다른 공작들은 이미 오래전에 시야에서 사라지고 없었다. 가을이라 숲은 환한 황금빛이었고 우산소나무와 소나무 이끼와 나뭇진의 쾌적한 향기도 풍겼지만, 플린은 이제 더는 돌아다니고 싶지 않았다. 슬로베니아 외진 지역 한복판이더라도 기차는 12시 정각에 떠나리라는 사실을 알고 있었으니까.

"별자리의 속삭임은? 부모님이 그 이야기를 하신 적이 있어?"

몇 초 뒤에 플린이 숨을 헉헉대며 물었다.

"그 이야기를 직접 하지는 않았어."

페그스가 쉰 목소리로 대답했다. 숨이 턱까지 찬 것 같았다.

"하지만 스티븐슨 이야기는 했지."

그러더니 다시 걸음을 멈췄다.

카심이 고개를 저으며 중얼거렸다.

"페그스가 또 머리핀을 다시 꽂는다면 내가 그 빌어먹을 머리핀을 먹어 치워야겠다."

페그스가 매서운 눈길로 그를 쏘아봤다.

"아, 미치겠네."

카심이 속삭였다.

"내가 장담하는데, 지금 99.9미터일 거야. 이렇게 다시 의사소통이 되잖아."

페그스는 그 말에는 대꾸하지 않고 플린에게 설명을 이어갔다.

"우리 부모님 말로는, 조지 스티븐슨은 월드 익스프레스에 '도움'을 설치했대."

주변에서 들리는 거라고는 새들이 나무 밑 관목을 지나갈 때 바스락거리는 잎사귀 소리뿐이었지만 페그스는 목소리를 낮추었다. 환한 나무들 뒤에서 청록색 월드 익스프레스가 마치 잘못 맞춘 모자이크 조각처럼 낯설게 번쩍였다.

"도움이라고?"

플린이 캐물었다. 스티븐슨이 '나를' 도울 이유가 없잖아?

페그스가 숨을 헉헉 내쉬며 무릎을 짚었다.

"월드 익스프레스가 위험에 처했을 때 필요한 도움. 공작에게 경고를 보내는 장치. 그런데 지금까지 나는 그런 건 그저 소문이라고만 생각했어."

"도대체 어떤 도움?"

카심의 물음에 플린이 대꾸했다.

"흠, 속삭이는 별자리는 아마 그런 장치의 유력한 후보겠지."

페그스는 생각에 잠긴 채 바닥을 내려다봤다.

"익스프레스가 최근에는 심각한 위험에 빠진 적이 없는 게 확실해. 이전에도 위험했더라면 우리 부모님이 속삭이는 별들에 대해서 알았을 테니까."

페그스가 핀을 새로 꽂고, 빨간 눈동자를 빛내며 말을 이었다.

"부모님이 전혀 모르는 사실을 알아냈다고 편지를 쓸 생각을 하니 정말 기대된다."

플린은 눈을 흘기며 물었다.

"자, 이제 말해 봐. '유리 뒤쪽에 밀봉된'이 무슨 뜻이야?"

이 경고가 혹시 욘테 오빠와 관계있을까? 그래서 그 소리가 내 귀에 들렸던 걸까?

"짐작되는 게 있긴 해."

페그스가 대답했다.

"그런데 확인하려면, 페도르의 손전등을 가지고 와야 해. 내 건 마담 플로레트가 지난달에 압수했거든. 가져올 수 있겠어?"

플린은 고개를 끄덕였다. 저녁에 페도르를 찾아가기 전에는 일단 오후에 평소처럼 자습을 해야 했다.

플린과 페그스와 카심은 월드 익스프레스에 가까스로 제때 도착했다. 기관차의 기적이 울리고, 세 사람은 다급하게 달려 마지막 침대차 계단을 올라갔다. 기차가 다시 달리기 시작하자 플린은 얼른 목욕을 했다. 점심 식사로는 만두를 먹었다. 그런 다음 플린과 카심은 옆에 나란히 앉아 소곤거리며 두 시간 동안 백개먼 게임을 했다. 유리창 너머로 들판이 연둣빛 가을 물결을 이루며 지나갔고, 하늘이 비와 안개로 다시 어두워졌다.

마담 플로레트가 자습실을 돌아다니며 감독할 때만 둘은 책상을 향해 앉았다. 플린은 남몰래 스티븐슨 그림을 올려다봤다.

"이해할 수 없어."

그림의 세 동물이 빛이 바래지며 사라지자 플린이 속삭였다.

"당신이 페그스가 말한 것 같이 천재라면, 한 소년이 당신의 기차 안에서 사라지는 걸 어떻게 그냥 뒀나요?"

플린은 이제 엿새 동안 기차에 머물렀는데, 그동안 조사했던 욘테의 흔적은 모두 막다른 골목에 빠지고 말았다.

"'유리 뒤쪽에 밀봉된'이란 말이 날 도와준다면 정말 좋겠어."

플린은 나지막하게 말하며 조지 스티븐슨을 빤히 바라봤다. 그림 색깔은 오래되어 빛이 바랬지만 그의 눈은 생기가 돌았다.

"이티겔, 뭐 하는 거죠?"

마담 플로레트의 목소리가 차량을 울렸다.

"설마 천장 그림과 이야기하는 건 아니겠죠? 조지 스티븐슨은 죽은 지 160년도 넘었어요!"

플린은 재빨리 책상에 놓인 수첩 위로 몸을 숙였다. 옆자리에 카심이 킥킥거리는 통에 화가 나서 씩씩거렸다. 머릿속으로는 벌써 차량 몇 개를 지나 앞으로 가서, 페도르의 손전등을 어떻게 손에 넣을지 궁리했다. 페도르 모르게 슬쩍 빌려야 한다는 점 때문에 기분이 좋지 않았다. 페도르에게 빌려주겠냐고 물어볼 수는 없었다. 페그스와 카심에게 별자리의 속삭임에 대해서 이야기한 걸 알면 페도르가 질투할 테니까.

이날 저녁 파쿠르 훈련이 끝난 뒤에, 플린은 취침 시간 종소리가 울리기 10분 전에 침대차로 향했다.

"아직 정리할 게 남았는데. 너 바빠?"

플린이 잘 자라고 인사하자 페도르가 물었다. 페도르는 물을 한 모금 마시고 라헨스나프 탄산 분말을 섞어 플린에게 병을 건넸다.

"아니야."

플린이 대답하고 음료수를 한 모금 마셨다. 음료수의 거품이 순식간에 코로 들어갔다. 플린은 기침을 하며 몸을 돌렸다.

페도르가 웃음을 터뜨렸다.

"웃지 마."

플린이 투덜거리며 음료수가 뚝뚝 떨어지는 코를 얼른 닦았다.

"페그스에게 잠깐 들르려고 했어. 오늘 밤에…… 우정 팔찌를 만들기로 했거든."

이렇게 멍청한 거짓말이 있나. 우정 팔찌라니! 페도르를 이왕 속일 거라면 뭔가 재치 있는 핑계를 댈 것이지.

페도르가 플린을 빤히 바라봤다.

"넌 그런 걸 만들 사람이 아닌데."

"그런 걸 만들 사람 맞아. 난 여자아이거든."

플린이 느릿하게 대꾸했다.

"그 말을 몇 번이나 강조할 필요는 없어."

페도르가 몸을 돌리며 말을 이었다.

"어쨌든 내 손전등을 가지고 가. 밤에 기차에서 움직이려면 그게 안전하니까."

플린은 아랫입술을 깨물며 망설이다가 그가 내미는 손전등을 받았다. 슬쩍 가져가는 것보다 기분이 더 안 좋았다!

"어떤 일로부터 안전하다는 거지?"

플린이 물었다.

페도르가 오랫동안 플린을 바라봤다. 차갑고 지저분한 초록빛 비상등 불빛에 잠긴 차량은 마치 저승에서 곧장 달려온 것처럼 보였다. 검댕으로 반짝이는 벽은 운모편암이 몇 겹이나 붙은 것 같았고, 유리창 너머의 창백한 연기가 두 사람을 외부 세계와 차단했다.

"네 오빠는 여기 이 기차 안에서 사라졌어."

페도르가 거친 목소리로 말하며 플린을 똑바로 바라봤다. 그의 눈에서 불안이 타올랐다.

"플린, 우리가 똑같은 일을 당하지 않을 거라고 누가 장담할 수 있겠어?"

플린은 힘겹게 숨을 꿀꺽 삼켰다. 밤의 기차에는 낮에는 없던 뭔가가 숨어 있었다. 월드 익스프레스에서는 야간 조명과 함께 비밀스러운 뭔가가 살아나는 것 같았다.

10시 조금 지나서 플린이 페도르의 손전등을 들고 나타났을 때, 페그스와 카심은 내기를 하며 시간을 때우던 중이었다.

살짝 열린 페그스의 객실 문틈으로 별빛 영사기가 쏟아내는 은빛 광점들이 어두컴컴한 통로로 새어 나왔다.

"2롤링 받아."

벙커 침대에 앉아 있던 페그스가 옆에 놓인 실크 모자에서 금화를 꺼내 카심에게 건넸다.

"저녁 식사로 절인 양배추 수프가 정말로 나왔으니까. 그런데 너 도대체 매번 어떻게 알아?"

플린이 조용히 객실로 들어서며 추측했다.

"브루투스가 카심에게 메뉴를 알려 주는 게 아닐까?"

카심은 이맛살을 찌푸리며 플린 뒤쪽의 차량 통로를 살피고서 비난하듯 물었다.

"네 남자친구 왜 안 데려왔어?"

플린은 대답하려고 입을 열었지만 아무 말도 나오지 않았다. 페도르가 '내 남자친구'인가? 이걸 어떻게 생각해야 하지? 라헨스나프 분말을 한 움큼이나 잘못 삼킨 기분이었다. 그것도 아주 심하게 버석거리는 종류를.

48   "이걸 가지고 왔어."

플린은 이렇게 말하고는 손전등을 켰다.

"페그스가 요구한 대로. 이제 뭘 하지?"

"이제."

페그스가 침대에서 미끄러져 내려오더니 문장을 맺었다.

"'유리 뒤쪽'을 보러가자."

카심이 다른 쪽 침대에서 뛰어내려 짤랑 소리를 내며 2롤링을 실크 모자에 다시 던져 넣었다.

"장기간 내기니까 돈을 두 배로 올릴래."

그러더니 그게 무슨 말인지 알고 있을 거라는 듯 플린에게 눈을 찡긋해 보였다.

플린은 초조해서 발을 번갈아 들었다 놓기를 반복했다. 금지된 손전등을 든 채 침대차 외부에서 마담 플로레트에게 들킬까 봐 두려웠다. 다음 일요일에도 주방에서 설거지를 하고 싶은 마음은 추호도 없었다.

페그스가 실크 모자를 망사와 비단과 양단 아래 옷장 깊숙한 곳에 숨기는 동안, 플린이 용기를 내어 말했다.

"내기는 상당히 허풍스러운 취미야. 그렇게 생각하지 않아?"

"아이고, 고마워라."

카심이 대꾸하고서 드디어 통로로 나섰다.

페그스가 별빛 영사기를 끄고 객실 문을 닫으며 말했다.

"그럴 수도 있지."

그렇게 인정하고는 플린이 건네는 손전등을 받았다.

"하지만 무언가 하면서 불안을 조금 진정시켜야 했어. 네가 여기 **49**

온 지 겨우 엿새째인데, 나는 지금 두 번이나 금지된 일을 한다고. 부모님이 알면 나를 죽이려고 할 거야."

세 사람은 조용조용 걸어 차량들을 지났다. 플린 옆에 있던 카심은 걱정하는 페그스를 놀렸다. 하지만 구석진 자리의 그늘과 바깥 승강단에 불어치는 매서운 바람에도 플린은 한순간 자신이 영웅처럼 느껴졌다. 욘테 오빠가 월드 익스프레스에 있을 때도 사람들은 분명히 같은 말을 했을 거야…….

기차를 지나는 길이 이번에는 아주 길게, 첫날 밤보다 훨씬 길게 느껴졌다. 그때는 페도르와 함께였고, 그의 넓은 등 뒤에서 보호받는다는 느낌을 받았다. 지금은 페그스가 앞장섰는데, 가볍고 불안정한 페그스의 모습에 플린은 초조해졌다.

"페그스가 지금 몇 킬로미터는 움직인 것 같다. 체육 시간엔 꼭 필요한 동작만 하면서!"

플린 옆에서 카심이 소곤거렸다.

세 사람이 도서관에 도착했을 때 플린과 카심은 멍하니 차량 입구에 섰다. 하지만 페그스는 결연한 표정으로 손전등을 차량 끝으로 향하더니, 철문 옆의 유리장 앞에 쪼그리고 앉았다.

"유리 뒤쪽에 밀봉된."

페그스가 유리장 안의 책들을 가리키며 말했다. 책들은 지난 금요일보다 너저분했다.

카심이 나지막하게 휘파람을 불었다.

"한밤중에 독서 마라톤을 하는 거야?"

그러고는 플린에게 몸을 돌리고 말을 이었다.

"데이트하면서 손전등을 슬쩍하다니, 참 실용적이다."

그가 엄지로 플린의 뺨을 닦으며 히죽 웃었다.

"'데이트'가 아니야!"

플린이 소리쳤다. 생각보다 더 격한 소리가 나왔다. 소매로 다급하게 뺨을 닦았다. 검댕이 잔뜩 묻어 있었다.

카심이 숨넘어갈 듯이 웃고는 유리장 쪽으로 몸을 돌리더니, 즐거움이 묻어나는 목소리로 페그스에게 물었다.

"방해되는 요소라도 있어? 안전 자물쇠나 경보 장치 말이야."

"번호 자물쇠 같다."

페그스가 대답하고는 얼른 덧붙여 말했다.

"몇 년 전에 아빠가 개요서에는 아주 위험한 정보가 들어 있다고 말한 적이 있어. 아빠가 그 이야기를 나에게 하자 엄마는 너무 화가 나서 드라이버로 아빠를 때렸어."

카심이 킥킥 웃으며 "사랑이 넘치는 가족이네."라고 중얼거리고는 유리장 손잡이에 달린 번호 자물쇠를 살폈다.

"너희 가족보다는 사랑이 넘치지."

페그스가 대꾸했다.

"머리핀이 필요해."

자물쇠를 살피던 카심이 이렇게 말하고는 "걔들은 '지독하게' 사랑이 넘쳐."라고 덧붙였다.

"걔들은 침을 질질 흘려. 번호 자물쇠가 어떻게 작동하는지 너 알고 있지?"

페그스가 머리핀을 풀면서 물었다.

카심이 눈을 흘기며 대답했다.

"모조품이 뭔지는 더 잘 알아. 아그라 거리에서 한동안 살았던 사람이라면 누구나 알 수 있지. 여기 이건 사실 단순한 맹꽁이자물쇠야. 마법 공학이 가득한 기차에 이런 자물쇠라니, 상당히 웃기는 일이지. 안 그래? 플린, 손전등을 그렇게 흔들지 마."

"미안."

플린이 심호흡을 했다. 흔들리는 전등 불빛에 갈라진 카심의 손가락 마디와 뺨에 미세한 상처들이 보였다. 월드 익스프레스의 밤엔 분주한 낮에는 가려졌던 비밀과 이야기가 드러나는 것 같았다. 거리에서의 삶이라는 게 그냥 꾸며낸 말이 아니란 예감이 들었다.

"아그라는 인도에 있는 도시지? 안 그래? 네가 인도에서 개들과 같이 자랐다는 뜻이야?"

플린이 나지막하게 물었다.

카심이 플린을 쳐다보지는 않았지만, 플린은 그가 대답을 하면서 손가락을 떠는 것을 알아챘다.

"허튼소리 하지 마. 난 노숙자 아이들과 함께 자랐어."

더 자세히 물어볼 엄두가 나지 않았다. 그 말은 고통스러울 만큼 씁쓸한 맛이었고, 납처럼 무겁게 느껴졌다.

"그때 난 아이들은 잔인해지기도 하지만 개는 그렇지 않다는 걸 알게 됐지. 그래서 개들이 내 가족이 된 거야."

카심이 덧붙였다.

올라간 카심의 어깨와 침착하지 못한 손가락을 보고, 플린은 그가 이 얘기를 불편해한다는 걸 깨달았다. 페그스를 흘낏 바라봤다.

친구의 양피지 같은 낯빛이 손전등 불빛 때문인지 아니면 밝혀진 카심의 비밀 때문인지 알 수 없었다.

"카심, 너 그런 말 한 번도 한 적이 없잖아."

페그스가 나지막하게 말했다.

"나는 개 이야기를 늘 농담이라고 생각했는데."

길고 어두운 차량에 울리는 페그스의 목소리는 대양을 헤엄치는 작은 해파리처럼 떨렸다. 카심은 금속 자물쇠 위로 고개를 숙인 채 꼼짝도 하지 않았다.

"침묵은 금이니까."

카심이 조용히 대답했다. 그러고는 마치 이런 일만 했다는 듯 민첩하게 손가락을 놀려 자물쇠를 만졌다. 어쩌면 정말로 이런 일만 했는지도 모른다.

플린은 목구멍에 걸렸던 덩어리를 삼켰다. 항상 내 삶이 어렵다고 생각했는데, 카심은 나보다 천 배는 더 어려웠던 것 같네.

자물쇠가 나지막하게 딸깍 소리를 냈다.

"최근에 열린 적이 있군."

카심이 이렇게 말하고 유리장 문을 열었다. 세 사람은 유리에 지문이 남지 않게 조심하면서 책을 한 무더기씩 꺼내 바닥에 펼쳤다.

"페그스, 어떤 책이야?"

아마포 제본을 한 두툼한 책이 20권도 넘었다. 이 모습을 본 플린은 초조해졌다. 세 사람이 뭔가 금지된 일을 한다는 걸 세상이 알아챘는지, 돌풍이 차량 유리창을 때리고 월드 익스프레스를 위험할 정도로 세차게 흔들었다. 기차가 오래된 방벽을 따라 밤 계곡을 지나는 동안, 무거운 빗줄기가 지붕에 쏟아졌다.

"나도 몰라."

페그스가 풀 죽은 표정으로 대답하고는 제일 위에 놓인 책을 손전등 빛에 비췄다. 금박으로 이런 글자가 쓰여 있었다.

1829년부터 1832년까지. 생성.

"이건 모두 연대기네! 역사 기록이라고. 이게 어떻게 우리를 도와준다는 거야?"

플린이 소리쳤다. 그러고는 책 무더기를 헤집다가 자그마하고 가느다란 소책자를 발견했다. 낡은 아마포에 프로펠러 같은 선 세 개가 들어간 원 하나가 새겨져 있었다.

"이거, 마담이 월요일에 칠판에 그린 그림처럼 생겼다."

플린이 말했다.

"원래는 조지 스티븐슨의 생애에 대해 설명해야 하는 그 오전 수업 말하는 거지?"

페그스가 플린의 말을 바로잡으며 중얼거렸다.

소책자 2번
마법과 마법 공학

첫 페이지에 이렇게 쓰여 있었다. 종이 보푸라기가 떨어졌다. 먼지가 손전등 불빛에 아주 작은 별똥별처럼 반짝였다.

플린은 자기를 포함하여 세 사람 모두 숨을 멈추는 걸 느꼈다. 책을 펼치자 저절로 64쪽에서 멈췄다. 아니, 74쪽이었다. 아니, 64쪽과 74쪽 사이였다. 그 사이 페이지가 사라지고 없었다. 플린은 잘려 나가고 보푸라기가 이는 모서리를 엄지로 훑었다.

페그스가 헉헉거리며 심호흡을 하고 손전등으로 떨어져 나간 자리를 비추더니 말했다.

"얘들아, 여기 그 문서가 있었어. 마담 플로레트가 가라비나에게 준 문서."

플린의 심장이 한 층 아래로 툭 떨어졌다. 이게 욘테 오빠와 도대체 무슨 상관이 있을까? 하지만 별자리가 하필이면 '나에게' 이 이야기를 한 이유는 마담 플로레트가 오빠와 뭔가 관계있기 때문일 거야. 그렇지?

플린은 헛기침을 하고, 64쪽 마지막 문장을 큰 소리로 읽었다.

"특히 다음 실험은 절대로 하지 않기를 바란다."

맞은편 쪽, 그러니까 책장이 뜯긴 다음 쪽에는 짤막한 결론만 적혀 있었다.

"마법 공학은 우리 삶을 매혹적으로 만들거나 변하게 하거나 파괴할 수 있다. 마법과 마찬가지로 마법 공학도 폭풍우나 금속, 까마귀 등등 마법의 원초적인 힘을 이용한다. 규정에 맞게 실행한다고 해도 희생물이 필요하다."

55

플린이 입을 다물었다. 심장이 목구멍에서 뛰어서, 다른 사람들이 듣지 못하게 하려면 입을 다물어야 할 것 같았다.

고차원적인 마법 공학은 희생을 요구한다고? 그게 무슨 뜻인지 확실하게 알지는 못했지만, 페그스가 왜 이 주제를 피하려고 했는지 이제 이해가 됐다. 두려운 글이었다.

"이제 뭘 해야 하지?"

카심이 물었다.

"위험한 실험이 어떤 건지 설명하는 바로 그 부분이 없잖아."

플린은 대답하는 대신 목차를 펼쳤다. 64쪽~74쪽 옆에는 '시간 연구'라는 단어뿐이었다.

시간 연구.

초와 시간과 날, 달과 해로 하는 실험.

앞쪽 기관차에서 날카로운 기적이 울렸다. 그 소리가 플린의 골수를 파고들어 경악에서 깨어나게 했다. 먼지 구름이 일어날 정도로 재빨리 책을 덮었다.

"익스프레스가 우리에게 경고를 보내는군. 놀랍지도 않다."

플린이 나지막하게 말했다.

"가라비나는 오래전에 힌리히 항크가 그랬듯이, 시간을 되돌리려는 거야. 이게 좋은 결과를 가져올 리 없어."

차와 호랑이

다음 날 아침, 플린은 아침을 먹으러 가던 통로에서 페그스와 카심을 만났다. 두 사람 역시 플린과 마찬가지로 밤새 눈을 붙이지 못한 것 같았다. 몇 시간이나 베개에 머리를 이리저리 굴린 듯, 카심의 파란 머리카락에는 광점 몇 개가 바스락거렸다. 평소에는 아주 매끄러운 페그스의 뒤통수도 오늘은 부스스하게 머리카락이 서 있었다.

"가라비나가 항크라는 건 우리도 이미 1월부터 알고 있었어."

아침 식사 후에 페그스가 욕을 퍼부었다.

"하지만 마담 플로레트가 어떻게 가라비나에게 시간을 되돌리게 할 수 있지?"

그러고는 심호흡을 하고서 말을 이었다.

"마담 플로레트가 뭔가 수상하단 걸 학년 초부터 짐작했어야 하는 건데."

이제 겨우 7시였다. 세 사람은 전망대 차량 난간에 앉아서, 수업 종소리가 울리기 전에 맑은 아침 공기를 쐬고 있었다. 이곳 세르비아 야생의 공기에서는 소나무와 모래 냄새가 났다.

"너희들, 그거 알아?"

페그스가 말을 이었다.

"마담이 단어를 계속 잘못 말하잖아. 왜 그런 걸까? 만능 번역이 마담의 머리에서는 제대로 작동하지 않으니까. 그 이유는?"

그런 다음 둘을 매서운 눈길로 바라봤다. 카심은 전혀 모르겠다는, 피곤하단 표정을 지었다. 플린은 그냥 어깨만 으쓱했다. 플린은 스스로 알아낸 것을 대하는 페그스의 열정에 당황했다.

"그건 스티븐슨의 도움 가운데 하나야!"

페그스가 크게 말하며, 너희도 이미 알고 있어야 할 게 아니냐는 듯이 양팔을 번쩍 들어 올렸다.

"적과의 의사소통을 조작하려고. 알아? 만능 번역에 관한 소문이 있어. 익스프레스에 해를 끼치려는 사람에게는 제대로 작동하지 않는대. 소소하지만 독창적인 방해 요소야. 안 그래?"

플린은 한숨을 내쉬었다. 지금은 아는 것이 하나도 없었다. 지난 수십 년 동안의 책 먼지가 머리카락에 붙어, 듣고 싶지 않은 온갖 일들만 귀에 속삭이는 느낌을 밤새 떨치지 못했다.

"마담 플로레트가 시간 연구로 뭘 하려는지가 문제야."

페그스가 강조하자 카심이 어깨를 으쓱하며 대꾸했다.

"주름을 지우려는 거겠지. 그거밖에 더 있어?"

"그래, '너'는 아직 농담이 나오지."

페그스가 날카롭게 말했다.

차량 문이 쾅 닫히는 소리에 세 사람은 소스라치게 놀랐다. 금발에 어깨가 넓은 2학년 남학생이 플린에게 다가왔다.

"나이팅게일이지? 나는 올리버 스툽스야. 이걸 전하려고."

그가 접힌 쪽지를 플린에게 건네며 물었다.

"말해 봐. 너 무슨 짓을 했어?"

"아무 짓도 안 했어."

플린이 지나치게 재빨리 대답했다.

"그냥 꺼져."

페그스가 끼어들었다.

"안 그러면 내가 어느 날 밤에 너를 양탄자에 꿰매어 버려서, 다시는 사람들 눈에 띄지 못하게 할 테니까."

"정말?"

스툽스는 재미있다는 듯이 눈썹을 치켜세웠다. 바늘과 실을 다루는 페그스의 능력은 익스프레스에 널리 알려져 있었다.

"너 그렇게 못된 아이야?"

페그스는 대답으로 아주 달콤하게 웃었다. 올리버 스툽스는 페그스가 더 사악한 걸로 위협하기 전에 터덜터덜 사라졌다.

플린은 마음의 준비를 단단히 하고 쪽지를 펼쳤다.

플린,
오늘 저녁 5시에
카페에서 만나면 좋겠구나.
- 다니엘 -

"스툽스가 쪽지를 읽었을 거야."

카심이 말했다.

플린은 그러거나 말거나 상관없었다. 다니엘이 무슨 일로 부르는지가 훨씬 더 중요했다.

'나를 쫓아내려는 거야. 수업에 집중하지 않고 여기저기 염탐하는 걸 알아채고서.'

그런 생각이 플린의 머리를 스쳤다.

'왜 아무도 날 잡아내지 못할 거라고 착각한 걸까?'

"나 이제 어떻게 하지? 우린 지금 세르비아 한복판에 있어. 정말 아름다워! 집으로 쫓겨나고 싶지 않아!"

플린이 쉰 소리로 중얼대자, 카심이 풀 죽은 표정으로 말했다.

"적어도 '너는' 쫓겨날 집이라도 있잖아."

플린은 울고 싶지 않았지만 눈물이 솟구쳤다.

"너도 집이 있어! 그것도 아주 좋은 집이!"

이렇게 소리치며 옆에 붙은 차량 철문을 가리켰다.

"너는 '여기' 집에 있어! 이곳 월드 익스프레스에!"

'나도 월드 익스프레스 차표가 있다면 얼마나 좋을까. 그러면 뭐든지 잘 될 텐데.'

플린이 생각했다.

8시가 다 되자 플린은 그날 오후에 당장 쫓겨날 거라고 예상하며 어둡고 소박한 '전략과 낙관' 교실로 들어섰다.

뚱뚱한 교사 라코토베 라람비는 이미 교실에 와 있었다. 그는 줄지어 있는 책상들 사이를 느긋하게 돌아다니면서, 책상마다 《공작 : 꼬리를 펼치기 위한 조언》이라는 투박한 소책자를 한 권씩 나눠 줬다. 브루투스가 숨을 헐떡이며 그를 따라다녔다.

플린은 페그스 옆에 앉아서, 갈색 수첩을 책상 서랍에 넣고 소책자를 넘겼다. 인용문을 모은 책이었는데, 그 인용문 모두 예전 공작들이 한 말인 듯했다. 플린은 아무 데나 펼쳐서 캐서린 맨스필드(뉴질랜드 출신 영국 소설가)의 인용문을 읽었다.

"뭔가 감행하라! 타인의 생각에 신경 쓰지 마라. 가장 어려워 보이는 일을 하라. 스스로 행동하라. 참되라!"

"말하긴 쉽지."

플린이 중얼거리며 책장을 넘겼다.

"이 모음집은 라코토베가 직접 만든 거야."

페그스가 이렇게 설명하고는 가방을 뒤져 스케치북을 꺼낸 다음, 생긋 웃으며 덧붙였다.

"마지막 쪽에 뚱보 출판사라고 쓰인 거 보여? 그게 라코토베의 출판사야."

'영웅'이나 '예의범절' 교실 차량과 달리, 라코토베 차량의 책상들은 구식이고 꽤 낡아 보였다. 플린은 멍하니 앉아, 낡은 책상에 새겨진 선과 단어들을 손가락 끝으로 훑었다. 책상에 새겨진 것들 대부분은 아주 어둡고 깊어서 수십 년은 되어 보였다.

"우리 선배들도 라코토베 수업 시간을 지루해한 거야."

페그스가 책상에 새겨진 하트 표시와 "나를 여기서 꺼내 줘!"와 같은 문장을 가리키며 말했다. 그리고는 요란한 소음을 내며 그 위에 스케치북을 내려놓았다.

"라코토베는 무섭지 않아. 그가 수업 시간 내내 얘기를 하기 때문에, 우리는 각자 원하는 걸 뭐든지 할 수 있어. 카심조차도 대부분은 조용하지."

플린이 생각하기에 카심은 착실한 학생이 아니었다. 하지만 그쪽을 보니, 카심은 브루투스를 무릎에 앉히고는 흥미로운 눈길로 소책자를 넘기는 중이었다. 수업 시작 종소리가 울렸을 때조차 고개를 들지 않았다.

라코토베 라람비가 숨을 한 번 몰아쉬고 교탁에 앉자, 플린은 잔뜩 긴장해서 기다렸다. 오늘 같은 날, 살짝 낙관적으로 생각해 보는 것도 아주 괜찮을 것 같았다. 하지만 얼마 지나지 않아서 플린은 라람비가 미래의 혁명가들을 위한 수업을 한다는 느낌을 받았다. 그는 역사적으로 중요한 얘길 하며 목소리를 높이는 성향이었다. 그의 교실 차량 천장에서는 초 단위로 국경이 바뀌었지만, 만다라의 기원을 보는 것만큼이나 재미없었다.

얼마 지나지 않아 플린의 생각은 교실 차량을 벗어났다. 알록달록한 가을 언덕 앞쪽의 검푸른 호수들과 굴뚝에서 가느다란 연기가 피어오르는 외딴 오두막이 월드 익스프레스의 노선을 따라 이어졌다. 율동 같은 기차의 덜컹임이 느껴지고, 가을 보슬비가 유리창에 나지막하게 부딪치는 소리가 들렸다. 플린은 책상에 새겨진, 아직 몇 년 안 된 것 같은 칼집 자리를 손가락으로 계속 쓰다듬다가 하마터면 잠이 들 뻔했다. 그러다가 어떤 자리에서 손가락이 멈췄다.

흥분이 플린의 심장을 움켜쥐었다. 이게…… 사실일까?

낡은 책상을 노려보며 글귀를 읽었다.

'두려움 없이 용감하게!'

심장이 목구멍에서 뛰었고, 바로 그 위에 덩어리가 맺혔다.

"욘테 오빠가 한 말이야."

플린이 중얼거리다가, 자신의 새된 목소리에 놀랐다. 하지만 라코토베는 플린에게 전혀 신경 쓰지 않았다.

"오빠 글씨를 알아볼 수 있어."

플린이 페그스에게 말했다.

"게다가……."

침을 꿀꺽 크게 삼켰다. 거의 2년 전에 여기, 바로 이 자리에 욘테 오빠가 앉아 있었어. 오빠는 나랑 똑같은 생각을 한 거야.

'두려움 없이 용감하게!'

오빠가 늘 하던 말이야. 절뚝거리며 세상을 뒤쫓아 간 게 아니라, 앞장서서 나아가기라도 했던 것처럼.

예전에 플린이 바이덴보르스텔에 있는 낡은 헛간 탐험을 두려워할 때, 욘테가 "두려움 없이 용감하게!"라고 말했다.

플린이 '프로일라인 슐레히트펠트 행복학교'는 교도소와 비슷하다는 사실을 깨달았을 때도 욘테는 "두려움 없이 용감하게!"라고 했다.

인생에서 더 많은 것을 기대한다고, 더 많은 모험과 더 많은 행운과 더 많은 의미를 찾고 싶다고 플린에게 털어놓은 뒤에도 욘테는 "두려움 없이 용감하게!"라고 큰 소리로 외치며 스스로에게 힘을 불어넣었다.

옆에 있던 페그스가 눈을 동그랗게 떴다.

"네 반쪽 오빠가 책상에 뭔가 새겼다고? 이게 우연일 리 없어!"

페그스는 욘테가 책상에 글자를 새긴 걸 비난하면서도 플린이 드디어 오빠의 흔적을 발견했다는 사실에 감탄했다.

플린은 믿지 못하겠단 표정으로 고개를 젓고는 새된 목소리로 물었다.

"오빠가 나에게 이걸 남겼다는 뜻이야?"

"어쨌든 나에게 남긴 건 분명히 아니지. 그 엽서에 쓰인 것과 똑같아. 그렇지? 그러니까 네 오빠가 마치……."

"날더러 자기를 따르라고 말하는 것처럼."

플린이 나지막하게 페그스의 말을 이었다.

플린은 심호흡을 했다. 그러지 않아도 잘 들리지 않던 라코토베의 수업에 이제는 전혀 집중할 수 없었다. 기차 바퀴 소리에 맞추어 심장이 두방망이질치고 마음이 불안했다. 책상에 새겨진 문장은 과거에서 온 소식이었지만, 지금 여기 있는 플린에게 꼭 필요한 것을 주었다. 바로 낙관이었다.

드디어 수업 끝을 알리는 종소리가 울리자, 플린 뒤에 앉았던 가라비나가 나지막하게 하품을 했다. 페그스는 만족스러운 표정으로 스케치를 정리했다. 카심은 몇 시간 만에 처음으로 책을 옆으로 치우고, 교복에 묻은 브루투스의 침을 닦았다.

"뭔가 놓친 것 같은 기분이야."

플린이 페그스와 카심을 따라 식당차로 가면서 말했다. 라코토베의 수업을 염두에 둔 말이었다.

"그래, 인생의 몇 시간을 허비했어."

페그스가 대꾸하며 스케치한 것을 겨드랑이에 꼈다.

카심은 두 사람이 식당차로 들어갈 수 있게 문을 잡아 주고, 플린이 생각하던 말을 했다.

"'너'는 넘치도록 낙관적이니까."

페그스는 만족스러운 표정을 지었다. 플린은 그 만족스러운 표정이 카심의 말 때문인지, 오늘 점심 메뉴 때문인지 알 수 없었다.

밤에 잠을 조금밖에 못 잤고 아침에 거의 아무것도 먹지 못했으므로 세 사람은 배가 터지게 점심 식사를 했다. 뿌연 가을 햇살이 자습실을 따뜻하게 덥히며 기분을 돋워 주려고 했지만 셋 모두 나른하고 피곤한 상태로 오후 자습 시간을 보냈다.

5시 조금 전에 플린이 카페로 가 보니 다니엘은 이미 그곳에 와 있었다. 다니엘의 손에 들린 분홍색 꽃 주전자는 좋은 시절을 이미 오래전에 지난 것 같았다.

"아, 플린."

다니엘이 플린을 흘낏 보며 말을 건넸다.

"앉으렴. 얼굴 보니 반갑구나."

그는 머리카락이 헝클어지고 잠이 덜 깬 모습이었다.

플린은 슬쩍 주변을 훑어봤다. 익스프레스는 지금 막 세르비아와 불가리아 국경을 지나는 중이었다. 울창한 숲 지역이었지만 다니엘이 블라인드를 내려 두고 있어서 볼 게 많지 않았다.

플린은 불안한 마음으로 다리가 높은 의자에 올라가 앉았다.

"아."

다니엘이 차를 따르며 다시 한번 입을 뗐다. 건초와 여름 향기가 차량 내부에 퍼졌다.

"숲과 초원 차란다."

그가 설명하며 찻잔을 밀어 줬다.

"어쨌든 늙은 헨리에타는 그렇게 불렀어. 하지만 뭐가 들었는지는 묻지 마라. 지난 세기의 녹슨 흔적에 불과하다고 알려 줄 수밖에 없으니. 그리고⋯⋯."

그가 찻잔에서 나는 김을 불고 나서 말을 이었다.

"넌 아마 그다지 맛이 없다고 생각할 거야. 그러니 맛있냐고 묻지 말아야겠다. 샌드위치 먹겠니? 계란과 유채를 넣은 거야."

플린은 그를 빤히 바라봤다. 그가 싫진 않았지만 독특했다. 플린은 차 대신 판매대에 놓인 질퍽거리는 샌드위치를 잡았다.

다니엘이 찻잔 너머로 플린을 바라봤다.

"그래, 일주일 지내 보니 어떠니?"

수다가 아니라 쫓겨날 거라고 예상했던 플린은 하마터면 의자에서 떨어질 뻔했다. 어안이 벙벙해서 되물었다.

"죄송합니다만, 그것 때문에 여기로 부르신 거예요? 여기서 일주일을 어떻게 지냈냐고 물어보려고?"

다니엘이 눈을 깜박거렸다. 찻잔에서 올라오는 김 때문에 그의 얼굴이 흐릿하게 보였다.

"그것도 그렇고⋯⋯, 5시 차 시간에 아무도 이곳에 오지 않아서. 차 시간을 내가 다시 도입한 건 큰 실수는 아니지만 어쨌든 직무상 실수 같다."

플린은 그를 계속 빤히 바라봤다. 너무나 기뻤다. 다니엘은 내가 밤에 탐색을 벌인 걸 전혀 모르는구나.

"실수 이야기를 꺼내셨으니 말인데요."

플린은 마음이 가벼워져서 욘테를, 그리고 가라비나와 마담 플로레트를 떠올렸다.

"그러니까 뭔가, 아니…… 누군가가 있거든요. 음…… 학생은 아니지만 익스프레스와 관계가 있는……."

그러다가 말을 멈추었다. 다니엘에게 오빠 이야기를 할 수는 없었다. 사실 여기저기 염탐하려고 기차에 머문다는 걸 고백하는 꼴이 되니까. 마담 플로레트가 개요서에서 몇 쪽을 뜯어냈다고 알릴 수도 없었다. 그랬다가는 자기가 염탐하고 다녔다는 걸 알리는 거니까.

"그래, 알았다."

다니엘이 한숨을 내쉬었다.

"자습실 차량에서 페도르의 차표를 발견했구나. 그렇지?"

플린의 몸이 쪼그라들었다.

"으음, 페도르의 차표. 맞아요."

다니엘이 플린을 한참이나 바라보더니, 차를 한 모금 마시고 말을 이었다.

"흐음. 페도르 쿨리코프는 내가 직무상 저지른 대형 실수 가운데 하나라는 걸 알아 두렴. 2년 전 학기 시작 때 페도르는 자기가 열여섯 살이라고, 학교 다니는 것보다 일하는 게 100배는 좋다고 우겼단다. 나이를 증명하는 서류까지 가지고 있었지."

그가 깊은 한숨을 내쉬었다.

"부끄럽게도 난 설득당하고 말았단다. 정말 불행한 일이야. 그 아이는 재능이 아주 탁월한데."

다니엘은 말을 멈추고 차를 한 모금 더 마셨다.

"페도르 쿨리코프가 내놓은 서류가 빈틈이라곤 전혀 없어서, 나는 어쩔 수 없이 그 아이를 석탄 소년으로 둘 수밖에 없었다. 다시 말해서……."

그가 헛기침을 했다.

"내가 직책을 유지하려면 말이야. 어쨌든 그 아이에게 최대한 쉬운 일을 주려고 해. 하지만 이 사실은 페도르가 알 필요가 없단다. 알았지?"

플린은 아무 말도 하지 않았다. 검댕과 연기 속에서 지내는 삶이 쉬운 일 같지는 않았다.

다니엘이 이맛살을 찌푸리며 물었다.

"그 일 때문에 나한테 화가 났니?"

플린은 당황했다. 갑자기 굴러 들어온 열세 살짜리 여자아이가 자기에게 화를 내든 말든, 월드 익스프레스 교장이 신경 쓸 일이 뭐란 말인가?

"모르겠어요."

그래서 솔직하게 대답했다.

"머릿속이 꽉 찬 것 같아요……."

차량 내부에 서늘하고 축축한 바람이 불었다. 그때 주둥이로 플린의 손을 누르며, 판매대 바로 옆에서 호랑이가 나타났다. 안개처럼 흐릿한 호랑이의 털은 희미한 불빛 아래에서 더 반짝였고 더 '진짜처럼' 보였다.

플린은 놀라서 움찔하며 손을 들어 올렸다. 다니엘 눈에도 호랑이가 보이는지 알아보려고 얼른 그를 바라봤지만, 그는 깜짝 놀라서 플린을 볼 뿐이었다. 호랑이가 아니라 '플린'을 보는 거였다.

경악해서 몸이 얼어붙은 채, 플린은 호랑이가 긴 혀로 조심스럽게 찻잔을 건드리더니 쩝쩝 소리를 내며 차를 마시는 모습을 지켜봤다.

플린은 호랑이에게 몇 센티미터 더 물러나 앉았다. 호랑이는 평소와는 전혀 다르게 행동했다. 불현듯 호랑이가 플린을 신뢰하는 것 같았다.

"무슨 생각을 그렇게 골똘하게 하니? 수업 생각?"

다니엘이 깊은 관심을 보였다.

호랑이가 고갤 들고 호기심 어린 표정으로 플린을 바라봤다. 콧수염에 찻물이 방울져 맺혀 있었다.

"꼭 그런 건 아니에요."

플린은 이렇게 대답하고 다시 입을 다물었다. 다니엘에게 도저히 설명할 수 없었다. 자길 쫓아내라고 직접 부채질을 할 수는 없지 않은가. 욘테 오빠가 사라진 뒤로 이 기차에서처럼 안전하고 자유로운 기분을 느껴본 적은 없었다. 욘테 없이 월드 익스프레스에 머무는 게 욘테 없이 바이덴보르스텔에 사는 것보다 훨씬 나았다. 그래서 그저 입을 다문 채, 심장을 두근거리며 호랑이를 지켜봤다. **69**

이 하얀 동물은 위험하지 않아 보였다. 그저 비웃듯 거칠게 숨을 내쉬기만 했다. 호랑이는 부드럽게 움직이며 일어나서는, 차량을 터덜터덜 걸어가더니 문 바로 앞에서 형체가 흩어져 사라져 버렸다. 호랑이를 실망시켰다는 느낌, 그러지 말았어야 했다는 느낌이 강렬하게 밀려왔다.

플린은 고개를 푹 떨어뜨렸다.

"차 잘 마셨어요."

빈 찻잔을 밀어 놓고 플린은 자리에서 일어났다. 차량 전체가 한적한 분위기를 내뿜어, 이 세상에 있는 거라고는 이 차량 한 대뿐이고 주변에는 정적과 공허만 감도는 듯했다. 승강단으로, 빛을 향해 발을 내딘은 플린은 그래서 기뻤다.

용접하는 공작

다음 날은 금요일이었다. 플린은 시끄럽게 울리는 마담 플로레트의 알람 시계를 끄고 잠시 그대로 침대에 앉아 유리창 너머로 지나가는, 바위가 많고 웅장한 불가리아의 풍경을 바라봤다. 가을은 떡갈나무 숲과 계곡을 진한 노랑과 갈색으로 물들였다. 창백한 아침 햇살에 잠겨 있던 플린은 자기가 엄청난 대재난 상황을 벌이지 않고 월드 익스프레스 수업을 거의 일주일이나 버텨 냈다는 사실을 깨달았다. 이제 겨우 기차를 탄 지 일주일이 되었다는 게 믿어지지 않았다. 훨씬 더 오래된 듯한 느낌이었다.

한 주의 마지막 수업은 환한 오전 햇살이 맑은 이슬처럼 유리 천장에 부딪치는 식당차에서 이루어졌다.

바깥 풍경은 초록이고 비에 젖었지만, 식당차 내부는 햇살이 지붕에 어떻게 비치는지에 따라 부드러운 파란빛과 노란빛에 잠겼다. 아침 식사 후에 상급생 공작들은 수다를 떨고 웃으며 식당차를 나섰지만 햇병아리들은 자리에 그대로 앉아 있었다.

다니엘은 수업 시작을 알리는 종소리가 울린 지 5분이 지나서야 생강 스나프를 잔뜩 들고 나타나선, 캔과 종이 무더기를 나눠 줬다.

바로 그 순간, 자느라 파란 머리카락이 납작하게 눌리고 눈 아래 다크서클이 드리운 카심이 식당차로 달려 들어왔다.

플린은 눈썹을 찌푸렸다. 카심은 늦잠을 자서 아침 식사를 또 걸렀다. 그런데 왜 이번에도 침대차가 아니라 기관차 쪽에서 온 거지? 플린이 페그스에게 이상하다는 눈길을 보내자, 페그스도 어깨를 으쓱하고 당황스럽다는 듯이 고개를 저었다.

다니엘은 카심이 플린 옆에 앉을 때까지 아무 말 없이 기다렸다. 그런 다음 '의사소통' 수업에 참가한 1학년에게 인사하고, 지난 삶에 대해 글을 쓰라고 했다. 의사소통을 그다지 잘하지 못한다고 생각하던 플린은 그런 글이 의사소통 수업과 무슨 관계가 있는지 의아했다. 미심쩍다는 표정으로 페그스를 바라봤지만, 페그스는 다니엘의 아이디어에 완전히 감탄한 것 같았다. 카심조차도 교복 왼쪽 소매에 연필을 넣고 마법사처럼 오른쪽 소매에서 다시 꺼내며 조용히 하려고 애쓰는 모습이었다.

"학기가 시작된 이후 지난 몇 달 동안 우린 언어로 의사소통하는 일에 몰두했지."

다니엘이 설명을 시작하면서 교사용 식탁에 몸을 기댔다.

"지난주에 카심이 아주 적절하게 표현했듯이, 언어 몽둥이는 진짜 몽둥이보다 전투력이 강하다."

그 말에 고개를 든 카심이 어리둥절한 얼굴로 잠시 눈을 껌벅거렸다. 자신의 손재주와 과거를 생각하던 중인 듯했다.

뷔페에는 라테피가 깜박 잊고 치우지 않은 아침 식사가 남아 있었다. 다니엘은 브레첼 하나를 들고 이야기를 이어 갔다.

"이제 글로 하는 의사소통, 편지 왕래에 대해 알아보자. 편지는 역사에서 너희가 생각하는 것보다도 큰 역할을 했단다. 몇 가지 예를 들어 볼까. 마하트마 간디는 1939년에 편지를 통해 2차 세계대전을 막아 보려 했지. 괴테가 1774년에 쓴 유명한 편지 소설, 《젊은 베르테르의 슬픔》은 수많은 젊은이들이 부모의 엄격함에 저항하게 만들었어. 영국 여왕 엘리자베스 2세는 1960년에 미국 대통령 아이젠하워에게 16인용 팬케이크 조리법을 보냈다."

플린은 엄마에게 보낸 편지를 떠올리고서 마음이 답답해져 주위를 둘러봤다. 페그스는 엄격한 부모님에게 저항하는 편지를 보낸다는 데 심취한 것 같았다. 카심은 그다지 감흥이 없는지 우울한 표정이었다.

"그런 편지는 손쉽게 대충 쓰는 게 아니란다."

다니엘이 이미 만년필을 꺼내 든 페그스에게 훈계했다.

"그러니 쉬운 것부터 연습해 보자. 첫 번째는 자기 기술이야. 중요한 편지를 쓰려면 너희 자신이 누구인지부터 알아야 해."

그가 엄한 표정을 짓다가 방향을 살짝 틀었다.

"어쨌든 일단 조금은 알아야지. 지금까지 살면서 어떤 일이 있었는지 써라. 부족함을 인정할 용기를 내렴! 지루한 이력을 쓰지 말고. 알겠지?"

그가 손뼉을 치더니 말을 이었다.

"이제 시작!"

플린은 1학년 일곱 명이 다니엘이 나눠 준 종이를 집어 드는 모습을 지켜봤다. 옆에 앉은 카심은 한숨을 내쉬더니 마법처럼 귀 뒤에서 연필을 꺼냈다. 그러고는 시선은 바깥으로 향한 채 하얀 종이 위로 몸을 숙였다.

플린은 망설이며 종이를 집었다. 페그스가 첫 장에 제목을 쓰는 걸 보고는 자기도 똑같이 했다.

지금까지 일어난 일

제목을 쓴 다음, 글자를 뚫어지게 노려봤다.

아무것도 없었다. 쓸 만한 게 전혀 떠오르지 않았다.

아랫입술을 잘근잘근 깨물었다. 무슨 이유에서인지 다니엘을 실망시키고 싶지 않다는 마음이 들었다.

그러려면 뭘 써야 하나?

아마 진실이겠지.

우리 엄마는 아이가 다섯 명이에요. 아니, 다섯 명이었지요. 그중 한 명은 실종됐으니까요. 하지만 그래도 자식은 자식이 에요. 안 그런가요? 사라진 아들의 이름은 온테고, 나랑은 아 버지가 다른 오빠예요. 다른 사람들의 경우와 달리 오빠의 차 표는 자습실 차량 천장에 붙어 있지 않지만, 오빠는 이 기차에 있었어요. 하지만 당신이 기억할 만큼 오래 머무르지 않은 모양 이에요. 그게 아니면 혹시 나한테 뭔가 숨기려는 게 있나요?

플린은 볼펜을 내려놓았다. '주제'와 아주 동떨어진 글이었다. 게 다가 다니엘이 아마 이 문제를 피하려고 자기를 수업에 넣은 것 같은데, 여기서 그것에 대해 따진다는 건 현명한 행동이 아닌 듯했다.

그래서 얼른 종이를 구기고는 볼펜을 들고 다시 시작했다.

우리 엄마는 아이가 다섯 명이에요. 나만 빼고 모두 아들이지요. 각자 아버지가 누구인지는 몰라요. 내 아버지도 만난 적 없어요. 우리는 바이덴보르스텔 교회의 외딴 농가에 살아요. 엄마는 늘 그렇게 살기를 바랐대요. 하지만 설령 그 말이 사실이라고 해도 이제 더는 바라지 않을 거예요. 우린 돈이 없고, 먹을 거라곤 대부분 빵밖에 없기 때문이죠. 그런데도 텔레비전 유료방송을 볼 돈은 있어요.

플린은 당혹한 마음으로 자기가 쓴 글을 내려다봤다. 다니엘이 이걸 보면 '무슨 생각'을 할까? 감동을 받는 일은 절대 없겠군.

상당히 비사회적으로 산다고 생각하시겠지요.

플린은 잠시 멈추었다가 덧붙였다.

그게 사실 딱 맞는 말이에요.

한동안 플린은 머리가 텅 빈 채 자기가 쓴 글만 노려봤다. 제출하고 싶지 않았다. 창피해서라거나 진실과는 다르기 때문이 아니었다. '자신의' 진실이 아니므로 창피해야 할 이유는 없었다. 이건 엄마에 관한 글이지 자기 이야기가 아니었다. 플린은 종이를 구기고 새 종이를 들었다.

지금까지 일어난 일

다섯 살에 이미 글을 읽을 줄 알았다고 하면 좋겠지만, 사실 학교에 입학한 뒤에도 한참이나 더 걸렸어요.

여덟 살 때부터 가사를 도와야 했어요. 오빠와 남동생들은 당연히 돕지 않았고, 그래서 난 숙제를 모두 해 간 적이 한 번도 없어요.

열 살에 비밀투표에서 가장 특이한 학생으로 뽑혔어요. 난 선거에 참가할 마음도 없었는데 말이에요.

열두 살이 되어서야 같은 반 아이들의 절반이 내가 여자아이라는 걸 알게 됐죠.

플린은 잠시 쉬며 주변을 돌아봤다. 카심은 지금까지 쓴 것을 모두 지우고 있었다. 그 역시 플린이 처한 상황보다 나을 게 없는 듯했다. 플린은 카심이 거리의 아이로 자란 과거에 대해 쓰는지, 아니면 주제를 돌려 다른 이야기를 시도하는지 궁금했다. 스투레 아노이는 부담스럽다는 표정으로 그저 종이만 빤히 내려다보고 있었다. 플린은 쌤통이라는 기분이 살짝 들었다. 스투레와 같은 항크도 어려워하는 과목이 있는 모양이었다.

미친 듯이 쓰는 데 열중하는 유일한 학생은 페그스뿐이었다. 페그스의 무릎에 종이가 쌓여 갔다.

플린은 자기 글을 훑어봤다. 지금까지 일어난 일은 이게 전부인가? 정말 이게 '다'일까?

종이 한 장을 더 집었다.

다섯 살에 이미 글을 읽을 줄 알았고, 장편소설들을 휘리릭 읽어 치웠어요.
가장 좋아한 책은 《안나 카레니나》였지요.

집에는 분명히 없는 책이었지만 플린은 페도르가 있는 창고에서 그 책을 발견했고, 제목이 무척 인상적이라고 생각했다.

여덟 살에는 국제 철자법대회에서 우승했어요.
열 살에는 학교 전체에서 가장 인기 많은 학생으로 뽑혔고요.
열두 살에 처음으로 혼자 여행을 떠났는데, 람페두사 섬까지만 갔어요.

플린은 람페두사 섬이 어디에 있는지도 몰랐다. 하지만 솔직히 말해서 그걸 아는 사람이 어디 있을까?
만족스러운 표정으로 창밖을 내다봤다. 월드 익스프레스는 연둣빛 발칸 반도 초입을 느긋하게 지나는 중이었다. 스쳐 지나가는 초록색과 노란색 잎사귀들이 공작들의 얼굴에 작은 그늘을 드리웠다. 플린은 눈으로 차량을 훑으면서, 다채롭게 변해 가는 색채를 바라봤다.
뒷자리에서 종이도 꺼내지 않은 채 팔짱을 끼고 앉아 있던 가라비나가 플린의 시선을 눈치채고 새된 소리를 질렀다.
"뭘 봐?!"
그 소리에 차량 앞쪽에 있던 다니엘이 물었다.
"너희 둘은 왜 안 쓰니?"

그의 목소리에서는 화가 아니라 호기심이 묻어났다.

"이게 다 무슨 소용인가요? 우리가 의미 없는 쓰레기를 적기를 바라시는 거겠죠!"

가라비나가 대꾸했다.

플린은 처음으로 가라비나와 같은 의견이었다. 내가 지금까지 살면서 뭘 했고 뭘 하지 않았는지 다니엘이 무슨 상관인가?

"의미 없는 일이 아니란다."

점점 더 많은 공작들이 글쓰기를 멈추고 가라비나와 플린과 다니엘을 번갈아 보는 가운데 다니엘이 설득했다.

"나는 너희가 '티베트에서의 7년'이 학교 졸업장 일곱 개보다 더 의미 있다는 걸, 또는 열기구를 탄 5주가 과외 수업을 받은 5년보다 더 낫다는 걸 깨닫기 바란다."

"하지만 그런 것들은 다른 사람들과는 아무 관계도 없는 경험이잖아요."

가라비나는 자기에게 마치 선택권이라도 있다는 듯이 이렇게 선포했다.

"나는 쓰지 않겠어요."

그러더니 미소를 띠며 덧붙였다.

"여자를 여자답게 만드는 건 비밀이니까요."

그런 다음 경멸하듯 플린을 노려보다가 말을 이었다.

"이건 물론 내 이야기예요."

다니엘은 눈썹을 치켜세웠지만, 가라비나를 야단치지는 않았다.

플린은 힘겹게 분노를 꿀꺽 삼켰다. 한마디도 하지 않고 다시 몸을 돌려, 자기가 쓴 마지막 문장을 읽어 봤다.

람페두사 섬까지만 갔어요.

말도 안 되는 소리! 플린은 종이를 구기고 다시 볼펜을 들고 쓰기 시작했다.

솔직히 말해서, 지금까지 무슨 일이 일어났는지는 별로 중요하지 않다고 생각해요. 당신에게도 마찬가지일 거고요. 우리는 지금 여기 있어요. 안 그런가요? 중요한 건 그게 전부예요.

플린은 그다지 좋지 않은 기분을 느끼며 글을 제출했다. '이 글'은 나 자신에 관한 거야. 다니엘이 이 글을 버릇없다고, 나를 게으르다고 생각한다고 해도 어쩔 수 없지.

그러고는 다시 자리에 앉아 다니엘을 흘낏 곁눈질했다. 그는 아무 표정도 없이 글을 훑어봤다. 하지만 플린이 눈길을 돌리기 전에, 그의 얼굴에 미소가 슬쩍 스쳤다.

늦은 저녁에 페도르와 함께 훈련을 한다는 즐거운 기대감은 플린이 힘겨운 학교 생활을 잘 견딜 수 있게 해 주었다. 그런데 저녁 식사 후에 석탄이 쌓인 곳의 선반을 돌아서 가 보니, 그는 끔찍한 상태였다. 그는 선반 그늘에 앉아 생강 스나프를 마시는 중이었다. 발치에 놓인 상자에는 빈 캔이 가득 차 있었다. 식품 저장실에서 가져온 게 틀림없었다.

"무슨 일이야?"

플린이 묻고서 그의 옆에 앉았다.

페도르는 고개를 들었지만 플린을 똑바로 보지는 않았다.

"너, 다니엘이랑 내 차표 이야기했어?"

플린은 몸이 얼어붙었다. 어제 오후 카페에서 다니엘과 나눈 대화가 머릿속에 아직 선명하게 남아 있었다.

"아니, 응. 하긴 했지만 의도적으로 그런 건 아니야."

그 대답은 자기가 듣기에도 설득력이라고는 전혀 없었다. 플린은 가느다란 목소리로 물었다.

"왜 그런 생각을 했어?"

페도르의 눈빛이 강렬해졌다.

"말 돌리지 마."

"그럴 생각 없어!"

플린이 소리쳤다. 하지만 자기가 지금 뭘 하는 건지 스스로도 알지 못했다. 페도르와 또 다툴 마음은 없었다. 그저 함께 있는 시간을 즐기고 싶었다. 페도르의 확고함과 평온함을, 그리고 삶 자체를 들어 올리듯 역기를 들어 올리는 훈련을.

"다니엘이 조금 전에 말하더라."

페도르가 말했다.

"네가 허튼 생각 품지 않게 해 달라고 부탁했어. 여기서 일을 한다거나 뭐 그런 거."

그가 우울한 표정을 지었다.

"그건 어차피 안 될 거야. 넌 정말 공작들 같으니까."

플린은 무엇부터 물어야 할지 몰랐다.

"그게 네 차표와 무슨 상관이 있어?"

주제에서 벗어나지 않으려고 이 질문부터 했다.

페도르가 플린을 빤히 바라봤다. 연기와 검댕 때문에 눈물이 나기 시작했지만 플린은 그의 눈길을 견뎌 냈다. 유리창이 꺾여 있어서 짙은 연기가 어두운 공간으로 실처럼 스며들었다.

페도르가 눈길을 내리고 한숨을 쉬더니, 아무 말 없이 생강 스나프를 한 모금 더 마셨다.

플린이 팔짱을 끼고 말했다.

"흠, 네 모습을 보니 이게 정말 무알콜 음료인지 의심스럽다."

페도르가 캔을 얼른 치우고 일어섰다.

"플린, 내가 네 어떤 점을 좋아하는지 알아?"

생각지도 못한 질문이었다. 플린은 말없이 그저 고개만 저었다.

"나에게 해명하라며 계속 요구하지 않는 점이지. 이 이야기는 영원히 잊어버리자. 오케이? 나 이제 훈련해야 해."

그가 작은 유리창 하나를 열었다. 플린은 자기도 모르게 팔로 재빨리 몸을 감쌌다. 늦은 밤, 익스프레스가 일으키는 바람은 계속 하악질하는 들고양이 소리처럼 들렸다. 벽에서 석탄가루가 떨어져 날렸다.

울부짖는 바람에 대고 페도르가 말했다.

"일요일에 지붕 위에서 달릴까 생각 중이야."

"뭐라고?! 너 미쳤어?"

플린이 눈을 동그랗게 떴다.

바퀴가 시끄럽고 싸늘하게 덜컹이는 소리가 숨어 있는 위험처럼 들렸지만, 페도르는 손을 내저으며 부정했다.

"조지 스티븐슨은 기차에서 일어날 모든 것에 대비해 두었어. 일종의 보호 장치랄까⋯⋯."

그는 설명할 수 없는 것을 설명하려고 단어를 골랐다.

"그러니까⋯⋯ 공기주머니랑 비슷해. 기차를 에워싼 방어 지역이지. 기차가 일으키는 바람을 약화시킨다거나, 뭐 그런 거야. 기관차에 있는 그 장치를 일요일에 켜는 것만 잊지 않으면 돼."

페도르가 엄지로 제일 앞쪽 기관차와 이어지는 무거운 철문을 가리켰다. 그는 몇 년 전부터 그곳에서 불타는 주둥이에 석탄을 삽질해서 넣고 있었다. 그가 감격에 부푼 표정으로 플린을 바라보며 말을 이었다.

"마법이 작동해! 너도 곧 보게 될 거야. 내 말을 믿어."

플린은 제정신이 아니었다. '그걸' 어떻게 믿으라는 말인가? 플린은 욘테를 떠올리고, 자기는 왜 하필이면 위험을 좋아하는 남자들과 잘 지내는지 의아하게 생각했다.

"그렇다면 네가 얼마 전에 말한 그 남자아이는 어떻게 된 거지?"

플린이 반박했다.

"몇 년 전 지붕 위로 올라가다가 나뭇가지에 쓸려 떨어졌다는 그 아이 말이야."

페도르는 플린의 말을 듣지 않았다. 상황을 미리 살피려는 듯이 머리를 창밖으로 내밀었다. 그의 머리카락이 축축하게 젖은 루마니아의 잿빛 풍경을 배경으로 거칠게 휘날렸다. 이어지는 산에 육

중한 성과 수도원들이 솟아 있고, 산발치에 놓인 검은 호수에서는 거인의 입김처럼 물안개가 피어올랐다.

'스티븐슨이 마법에 뛰어난 천재였을 수는 있지.'

플린은 생각에 잠기며, 등이 딱딱하고 울퉁불퉁한 바닥에 닿을 때까지 몸을 젖혔다. 덜컹이는 선로가 목덜미를 때리는 듯했다.

'하지만 공작들이 월드 익스프레스 한복판에서 사라진다면, 석탄 소년이 기차에서 떨어지는 일도 발생할 거야.'

토요일 아침, 플린은 창밖이 아직 어두운 이른 시간에 잠이 깼다. 창밖에 별들이 환하게 깜박이듯이, 검푸른 객실에는 먼지가 춤을 추고 있었다. 잠시 바라보니 그건 먼지가 아니라 윙윙 소리를 내는 아주 작은 동그라미들이었다. 따뜻한 이불에서 조심스럽게 손을 꺼냈다가, 동그라미가 손에 내려앉자 소스라치게 놀랐다. 서늘한 금속이었는데, 자세히 바라보니 푸른빛으로 깜박였다. 플린은 그게 반딧불이를 흉내 내어 만든 아주 작은 금속제 풍뎅이라는 사실을 깨닫고 깜짝 놀랐다.

"마법 공학이야."

풍뎅이가 윙윙거리며 다시 공중으로 솟구치자 플린이 나지막하게 중얼거렸다.

플린은 한없이 넓은 우주로 날아가는 것 같은 형광 풍뎅이를 빤히 바라보며 한동안 말없이 누워, 유리창에 와서 거칠게 부딪치며 웅웅대는 바람 소리에 귀를 기울였다. 그러다가 불현듯 그게 바람 소리가 아니라는 걸 깨달았다. 그 소리는 마담 플로레트의 침대가 놓인 객실 맞은편에서 들려왔다. 그동안 플린은 마담 플로레트가 그곳에서 자는 모습을 한 번도 목격하지 못했다. 하지만 이제 누군가 그곳에 누워서 내는 소리가 또렷하게 들려왔다. 플린은 망설이다가 머리 위로 팔을 뻗어, 침실용 탁자에 놓인 구식 전등을 켰다.

그랬다. 그곳에 마담 플로레트가 누워 자고 있었다. 플린은 금속 형광 풍뎅이가 마담의 것인지 궁금했다. 마담 플로레트와 같은 사람이 이렇듯 아름다운 물건을 가지고 있다는 게 상상이 되지 않았다. 하지만 그게 아니라면 풍뎅이들이 도대체 어디서 나타났다는 말인가?

흐릿한 전등 빛에서 보니, 마담은 얼굴에 또 분홍색 크림을 바르고 이불을 턱까지 끌어 올린 채 자고 있었다. 밤인데도 가죽 테 보호안경을 머리에 단단하게 쓴 상태였다.

마담 플로레트는 꼼짝도 하지 않고 뻣뻣하게 누워, 공포에 휩싸인 나지막한 소리를 내고 있었다. 악몽을 꾸는 모양이었다.

플린은 몸을 일으켰다. 마담 플로레트를 깨워서 악몽에서 구해낼까 잠시 고민했지만, 마담이 그걸 반가워할 것 같지 않았다.

그래서 최대한 조용하게 모닝 가운을 입고 두툼한 양말도 신은 뒤 객실을 나왔다. 페도르도 어쩌면 이미 깼을지도 모른다고 생각했다.

이른 시간이라서 기차를 돌아다니는 사람은 아무도 없었다. 태양도 아직 일어나지 않았다. 플린이 창고로 향하는 축축하고 차가운 연결 발판을 더듬어 갈 때, 기차 밖 세상은 아직 노곤한 정적에 에워싸여 있었다. 소들이 꼼짝도 하지 않고 선로 가장자리에 서 있고, 밤이 나무에 아주 깊숙하게 내려와서 별들이 마치 나뭇가지 사이에서 반짝이는 것 같았다.

플린은 창고로 가면서 주방문을 지나갔다. 주방은 이미 전등이 켜져 있는 유일한 차량이었다. 플린은 나무 널빤지가 깔린 통로에 서서, 열려 있는 미닫이문 너머로 길쭉한 주방을 들여다보다가 화들짝 놀랐다.

라테피 옆에서 카심이 커다란 냄비에 가득 찬 액체 초콜릿을 휘젓고 있었다. 라테피는 노래하듯 지시를 내리고, 카심은 입술을 앙다문 채 집중해서 젓는 중이었다. 선반 어딘가에서 구식 라디오가 이른 아침부터 뮤지컬 멜로디를 쉴 새 없이 쏟아내고 있었다.

"카심, 벌써 일어났어?"

플린은 당황해서 눈을 깜박이며, 별 생각 없이 물었다.

카심이 소스라치게 놀라 고개를 들었다. 초콜릿이 든 그릇이 그의 손에서 떨어졌다. 그릇이 바닥에 떨어지기 전에, 라테피는 플린이 상상도 하지 못할 만큼 재빠르게 그릇을 잡았다.

"안녕."

카심이 느릿하게 말하며 라테피가 내미는 그릇을 다시 받았다.

"잠이 안 와서 말이야."

그는 예전의 삶에서 얻은, 미세한 상처들이 수없이 많은 목덜미를 손으로 쓸었다.

"아, 그렇구나."

그런 상황을 잘 아는 플린이 얼른 대답했다.

"마담 플로레트도 지금 악몽을 꾸는 중이야."

카심이 믿지 못하겠단 눈길을 보내자 플린은 자기가 한 말을 바로 후회했다.

플린은 가운을 더 단단하게 여몄다. 주방은 환하고 달콤한 향기가 났으며, 안락한 소음으로 가득했다.

"으음…… 들어가도 돼요?"

플린이 요리사에게 물었다. 라테피는 카심에게 반대할 시간을 주려는 듯이 잠시 바라보며 기다리다가, 어깨를 으쓱하고는 대답했다.

"카심 친구들은 나에게도 친구니까."

플린은 미소를 지으며 주방에 들어섰다. 그리고 카심이 금속 막대로 초콜릿 온도를 재고 그릇 바닥의 단추를 누르는 모습을 지켜봤다.

"그릇이 뜨거워진단다."

호기심에 찬 플린의 시선을 눈치챈 라테피가 설명했다.

"그러면 조리대에서 가열할 시간을 아낄 수 있지. 카심, 잠깐 쉬자. 온도를 잘 지켜봐라."

라테피는 카심과 플린만 남겨 놓고 차량 반대쪽으로 가서는 커다란 빵 반죽을 주물렀다.

두 사람은 살짝 불편한 분위기를 느끼며, 부글거리는 초콜릿을 아무 말 없이 바라봤다. 그러다가 플린이 조용히 물었다.

"아그라 때문에 그래? 잠을 설치는 것 말이야."

"아니."

카심이 재빨리 대답했다. 그러나 바로 말을 바꿔, 나지막하게 그렇다고 인정했다.

"아그라가 날 뒤쫓는 것 같아. 마담 플로레트는 첫날 이미 나에게 아무것도 기대하지 않는다고 말했어. 베르트 빌마우는 나한테 마치 벼룩이라도 있는 것처럼 계속 노려봐. 다니엘은 괜찮은 사람이긴 하지만, 수업 시간에 끊임없이 우리 자신에 관한 글을 쓰거나 집에 편지를 보내라고 요구하잖아. 나는 어디 주소를 써야 하지?"

그가 흥분해서 물었다.

"'한 푼만 주세요, 하수구, 아그라'라고 해야 하나?"

플린은 입술을 깨물었다. 지난 며칠 동안 카심이 늦잠을 잔 게 아니라는 걸 불현듯 알아챘다. 사실은 여기 주방에, 라테피 옆에 있었던 거였다. 플린은 카심이 녹은 초콜릿을 초콜릿 틀에 조심스럽게 붓는 모습을 지켜봤다.

"페그스에게 왜 그 이야기를 안 해?"

잠시 기다리던 플린이 되물었다.

"걔는 네가 아침마다 너무 게을러서 일어나지 못한다고 생각해. 나도 사실 그렇게 생각했어."

플린의 고백에 카심이 다급하게 말했다.

"페그스가 날 동정하는 거 싫어! 너, 아무에게도 말하지 마. 부탁이야!"

플린은 그 반응에 너무 놀라서 몸을 움찔했다. 그리고 창가로 다가갔다. 아침 안개가 어부가 거두어들이는 그물처럼 눈앞을 지나갔다. 플린은 기차에 탄 모든 사람이 각자 비밀을 가지고 있다는 걸 깨달았다.

"아무에게도 말하지 않을게."

플린이 약속했다. 궁금한 건 사실 한 가지밖에 없었다. 욘테 오빠도 이 기차에서 비밀을 가지고 있었을까?

보슬비가 내리는 토요일이 밝았다. 별일 없이 지나갈 것 같은 날이었다.

아침을 먹으면서 페그스가 하루 종일 옷을 만들겠다고 말했으므로, 플린은 페도르를 만나려고 창고로 갔다. 페도르는 기관차에서 일을 하느라 창고에 없었다. 플린의 상상 속에서 철마는 친구를 머리끝부터 발끝까지 삼키는 뜨거운 괴물이었다.

플린은 오전 내내 주방에서 카심, 라테피와 함께 롤링을 조금 걸고 백개먼 게임을 하며, 카심이 만든 초콜릿을 맛봤다. 박하와 육두구 향기가 나서 아주 맛있었고, 카심도 무척 만족스러워 보였다. 주방으로 쏟아져 들어오는 따뜻한 햇살에 그의 파란색 머리카락은 이국적인 새의 깃털처럼 밝게 빛났다.

플린은 오후가 되어서야 다시 한번 창고 차량 쪽으로 향했다. 이번에는 페도르가 있었다. 마치 뜨거운 괴물이 뱉어 낸 것처럼 검댕이 잔뜩 묻고 지친 표정이었다.

창고 차량에 들어서는데, 플린의 배가 간질간질하게 당겼다. 선반을 돌아 다가갔을 때 페도르가 지어 보인 든든한 미소 때문인지, 아니면 이 미소가 도무지 적절하지 않다는 걱정 때문인지 알 수 없었다. 토요일 저녁은 파쿠르 대결을 앞둔 마지막 저녁이었으니까.

플린은 페도르의 팔굽혀펴기 개수를 세면서, 내일 저녁에 이기려고 지붕으로 올라가는 그 바보 같은 지름길을 선택하면 안 된다고 몇 번이나 경고했다. 하지만 페도르가 자기 말을 듣고 있는지 어쩐지 확인할 수는 없었다.

둘이 훈련을 마치고 침대차로 돌아갈 땐 이미 늦은 밤이었고, 기차 안에는 유령 같은 정적만 감돌았다. 마담 플로레트에게 걸리지 않으려고 둘은 차량으로 들어설 때마다 멈춰서 잠시 귀를 쫑긋 세웠다.

페도르와 플린이 만난 사람은 마담이 아니었다.

"저 소리 들려?"

'영웅' 교실에 들어섰을 때 플린이 물었다. 별자리들이 지난밤과 똑같이 환하게 빛났다.

페도르가 위쪽을 살폈다.

"별들의 속삭임이 또 들린다는 말은 아니겠지?"

그가 되묻고 플린의 손을 잡았다.

플린은 고개를 저었다. 누군가 금속을 두드리고, 불꽃이 튀는 듯한 나지막하고 조심스러운 소리가 들려왔다.

"장난감 말에 편자를 박는 듯한 소리네."

플린이 생각에 잠긴 채 말했다.

페도르는 얘가 지금 제정신인가, 하는 표정으로 플린을 흘낏 바라봤다.

플린은 마지막 좌석이 놓인 줄을 가리켰다. 어떤 형체가 책상으로 깊숙하게 몸을 숙이고, 독서용 전등 불빛 아래서 눈부시게 빛나는 작은 물체에 망치질을 하고 있었다. 반짝이는 별자리에 에워싸 89

인 그 사람은 아주 작고 고독해 보였다.

페도르가 플린의 손을 놓고 중얼거렸다.

"뭔가 진짜인 것도 늘 있는 법이지."

그 금속성은 문자 그대로 마법을 흩뿌리는 것 같았다. 플린은 인공조명에 이끌린 나방처럼 그 형체 쪽으로 몇 걸음 다가갔다.

책상 앞에 앉아 있는 남자아이는 마담 플로레트의 것과 비슷한 커다란 구식 보호안경을 쓰고 있었다. 그는 납땜인두처럼 보이는 물건과 새된 소리를 내는 금속 공을 손에 들고 2초쯤 더 일하다가, 플린에게 몸을 돌리고서 반짝이는 짧은 머리 위로 두툼한 보호안경을 올렸다. 스투레 아노이였다.

"플린 나이팅게일."

그는 이 시간에 여기서 플린을 만나는 게 하나도 놀랍지 않다는 듯이 차분하게 말했다.

"스투레."

플린이 말했다.

페도르는 반짝이는 눈밖에 보이지 않았다. 그가 비꼬는 말투로 물었다.

"아이고, 정말 아주 작은 말 같네. 야, 항크. 너 여기서 뭐 해?"

스투레 아노이가 어둠을 쏘아보다가, 페도르를 알아보고는 한숨을 내쉬었다.

"저 애가 왜 네 옆에 있어?"

스투레가 묻자 플린은 짜증이 나서 대꾸했다.

"내 남자 친구야."

놀란 스투레의 얼굴을 보자 플린은 자기 말이 원래 의도보다 좀 더 심각하게 들렸다는 걸 깨달았다.

"아."

스투레는 잠시 당황한 것 같았다.

"으으음, 내가 너희들의 데이트를 방해해서 미안하다……. 아니, 아니지……."

그가 보호안경을 다시 쓰고 말을 이었다.

"너희가 나를 방해한 거야. 내가 방해한 게 아니라. 잘 가라."

페도르가 등 뒤에서 투덜거리는 게 느껴졌다. 소리보다는 느낌이 더 컸다. 플린은 스투레가 있는 책상으로 더 가까이 다가갔다. 에너지가 웅웅 소리를 내는 듯한, 번쩍번쩍 빛을 내는 금속들이 가득했다. 스투레의 양손에서 금속 먼지들이 반짝였다.

"이 시간에 왜 여기 앉아 있어?"

플린이 물었다. 갑자기 마음의 눈앞에 '힌리히 항크'란 이름이 떠오르는 바람에 잠시 눈을 깜박였다. 마법 공학에서 손을 떼지 못한 남자아이가 있었다는 카심의 말이 기억났다…….

"잠이 안 와서."

그 말에 페도르가 비웃듯 코웃음을 쳤다.

"이거 마법 공학이구나. 그렇지?"

플린은 스투레가 점점 더 수상쩍게 느껴져서 다시 물었다. 금속 조각 중에 하나가 나지막하게 휘파람 소리를 내기 시작했다. 플린은 재빨리 한 걸음 뒤로 물러섰다. 스투레는 마담 플로레트를 위해 뭔가를 만드는 게 틀림없었다.

"너, 이걸 해도 된다는 특별 허가나 뭐 그런 거 받았어?"

플린이 감탄과 의심이 뒤섞인 마음으로 물었다.

"아니. 만지지 마!"

플린이 손 닿지 않는 곳에 서 있는데도 그는 금속 조각들을 자기 쪽으로 끌어모으며 말했다. 금속의 휘파람 소리가 멎었다.

"나는 금지된 일을 하는 게 아니야."

스투레가 다급하게 덧붙였지만, 플린은 그의 눈에 양심의 가책이 탐욕스러운 불길처럼 번쩍이는 모습을 목격했다. 플린은 스투레가 거짓말을 한다고 확신했다. 마법 공학이 위험하다고 자기가 직접 말하지 않았던가.

스투레가 보청기만큼 작고 단단해 보이는 걸 들어 올렸다.

"이건 '기외변'이야. 내가 발명했지."

두 사람의 뒤에서 페도르가 웃음을 참는 듯이 꾸르륵 소리를 냈지만, 스투레는 신경도 쓰지 않고 말을 이었다.

"기외변은 '기차 외부 번역기'를 줄인 말이야. 일종의 보청기 같은 거랄까. 모든 언어, 모든 단어를 네 귀에 바로 번역해 줘. 월드 익스프레스에서 100미터 이상 떨어졌을 때 아주 유용해. 기차의 번역 마법은 그보다 멀면 작동하지 않으니까."

"나도 알아."

플린은 이렇게 대답하면서 책상에서 반짝이는 작은 물건을 노려봤다. 스투레가 그 물건을 방금 발명했단 말을 믿을 수 없었다.

"네 말 안 믿어."

플린은 가라비나의 시간 연구를 떠올리며 대꾸했다.

스투레는 깜짝 놀라 눈을 깜박이다가 인정했다.

"물론 이게 정말로 작동하는지는 나도 아직 몰라."

플린이 손을 내밀어 제안했다. 분노와 불안으로 심장이 퉁퉁 세차게 뛰었다.

"내가 테스트해 줄게. 일요일에 기차역에서."

"뭐라고?"

스투레와 페도르가 동시에 소리쳤다.

스투레가 고개를 저으며 다시 물었다.

"뭐라고 했어?"

"내가 널 위해 기외변을 테스트해 주겠다고."

플린이 다시 대꾸했다. 단어 하나하나가 모두 아주 심하게 구역질이 났다. 하지만 스투레는 가라비나와 제일 친하니, 가라비나와 마찬가지로 마담 플로레트를 위해서 이 일을 하는 거라면 이게 욘테에 대해 무언가 알아낼 수 있는 기회가 될지도 모른다는 생각이 들었다.

아주 작은 기계역학이자 기적의 작품 같은 기외변은 반짝이며 웅웅거리는 금속들 한가운데에 놓여 있었다. 기외변은 그 금속들에서 태어난 물건이었다. 스투레가 망설이다가, 페도르를 가리키며 말했다.

"저 애는 옆에 없어야 해."

"당연히 없지. 나는 일을 해야 한다고."

페도르가 투덜거렸다.

스투레가 그를 빤히 노려보다가 한숨을 내쉬고는 플린의 손에 **93**

작은 보청기를 쥐여 줬다. 밤 한 톨 정도 무게의 그 물건이 서늘하게 반들거리며 손에 쏙 들어왔다.

"그게 너한테서 작동한다면, 똑똑한 사람들이 가지고 있어도 마찬가지겠지."

스투레가 모욕이 아니라 단순하게 사실을 말한다는 듯이 차분하게 중얼거렸다.

"조심해 줘. 절대로 잃어버리면 안 돼. 그리고 작은 생채기라도 나면……."

"알았어. 스투레 아노이, 그럼 내일 저녁에 봐."

플린이 짜증을 삼키며 대꾸했다.

두 사람은 흥분해서 소곤거리는 수많은 별자리를 뒤로하고 철문으로 향했다.

"네가 그걸 사용하면 머리가 날아갈 거야."

페도르가 걱정스러운 표정으로 속삭였다.

"그리고 진짜 번역기라면, 이름이 '기외번'이어야지."

뒤에서 스투레의 느릿한 목소리가 울려 퍼졌다.

"나는 그저 학문의 발전을 위해 이 일을 하는 거야. 알지?"

두 사람은 그 말에 대답하지 않고 밤이 가득 내린 승강단으로 나섰다. 플린은 번쩍이는 페도르의 눈을 바라보며 말했다.

"나는 그저 욘테 오빠를 위해서 이 일을 하는 거야. 알지?"

티모시와 닉스에서

일요일 아침, 플린은 라테피가 준비한 아침 식사를 포기했다. 식사 대신 한참이나 더 침대에 누워, 객실 안의 정적을 즐겼다. 마담 플로레트는 벌써 몇 시간 전에 일어났다. 아마도 아침에 통로를 달리는 공작들의 발걸음을 통제하고 있겠지. 객실은 늘 그렇듯이 숲과 과학의 향기를 풍겼다. 마담 플로레트가 밤에 이곳에 있었다는 증거였다.

플린은 심호흡을 하고, 기차가 이제 막 진입한 도시의 오래된 지붕들 위로 떠오르는 태양을 바라봤다. 눈부신 햇살이 창틀 아래에서 흔들리는 글자를 비췄다. 글자들이 다르륵 소리를 내며 '부다페스트'로 변했다.

플린의 얼굴에 미소가 스쳤다. 이불에서 나와, 휴일을 위해 청바지와 긴소매 체크무늬 셔츠를 골랐다.

월드 익스프레스에 올라탄 지도 이제 일주일이 넘었다. 쉴 새 없이 덜컹이는 바퀴 소리, 곡선을 돌 때의 흔들림, 자유로움과 안전한 느낌, 게다가 기이한 수업까지 모든 게 지극히 평범하고 원래부터 그랬던 것처럼 보였다. 욘테 오빠와 차표가 없는 기차에서의 삶이

95

완벽하지는 않았지만, 그래도 오랜만에 의미 있게 느껴지는 나날이었다.

고요한 통로와 속삭이는 비밀들로 가득한 기차에서 일주일을 지내고 나니, 부다페스트 역이 아주 생기발랄하게 느껴졌다. 큰 대합실 지붕의 오래된 창문으로 들어온 햇살이 철제 기차와 안개에 싸인 공기와 승객들의 기분을 따뜻하게 데웠다. 차단기 뒤쪽 선로들이 순금처럼 빛났다. 월드 익스프레스 안에선 학생들이 친구를 깨우려고 통로를 달렸고, 자유로운 오전 시간을 보낼 계획을 세우느라 사방이 분주했다. 기차가 시끄럽고 새된 끼익 소리를 내며 7번 승강장에 멈춰 서자, 플린은 페그스와 카심과 함께 승강단으로 나왔다.

"어젯밤에 일이 벌어졌어."

플린이 곧장 입을 열었다.

페그스는 믿지 못하겠다는 듯이 눈을 크게 떴다.

"또? 네 밤의 모험에 나도 끼면 좋겠다!"

연기가 치솟는 가운데, 플린은 두 사람에게 스투레와 자기가 테스트해 보려는 그의 마법 공학적 발명품에 대해 이야기했다.

카심이 정신 나간 것처럼 보일 만큼 히죽거리며 말했다.

"네가 그 항크에게 본때를 보여 줬구나. 와우!"

"페도르는 기외변을 사용하면 내 머리가 날아갈 거라던데."

이 모든 걸 '와우' 하고 소리치며 즐겁게 받아들일 수 없는 플린이 반박했다. 자기가 마담 플로레트의 시간 실험을 막는 게 아니라, 마담의 피실험자가 될지도 모른다는 생각이 들었다. 하지만 이런 위험을 감수할 수밖에 없었다.

승강장에 두 줄 단추 정장을 입은 두 남자가 서 있었다. 그중 한 남자가 들고 있던 노란 가죽 가방에서 금고를 꺼냈다. 익스프레스가 시끄러운 끼익 소리와 연기를 내뿜으며 멈춰서는 동안 두 남자는 진지한 표정으로 기다렸다.

"저 사람들, 마담 플로레트만큼이나 엄숙한 얼굴이네."

공작들에게 떠밀려 승강장으로 이어지는 철제 계단을 내려가면서 플린이 중얼거렸다.

"한스와 롤프야."

페그스가 설명하며, 빨간 바지의 주머니에서 자그마한 비단 주머니를 꺼냈다. 오늘 페그스는 그 바지와 염색한 보라색 셔츠, 교복 스웨터 차림이었다. 플린은 가죽 가방을 든 남자가 ―그가 롤프인지 한스인지 알 수는 없지만― 인상을 찌푸리고는 페그스의 차림새를 노려보는 걸 목격했다.

"두 사람은 국제 익스프레스 본부 직원들이야."

페그스가 설명하고 제안도 했다.

"월드 익스프레스를 위한 교육청 같은 거지. 롤링을 저 사람들에게서 진짜 돈으로 바꾸자. 그럼 페도르를 위해 뭔가 살 수 있을 거야. 오늘 밤 대결에서 이긴다면 축하해 주자는 말이야."

플린은 심호흡을 했다. 그 멍청한 대결을 한두 시간쯤 머릿속에서 지워 버리고 싶었다.

마담 플로레트의 목소리가 승강장을 울리는 가운데, 세 사람은 롤링을 모아 두 남자에게 가서 헝가리 돈으로 환전했다. 마담이 나들이 규칙을 알려 주고, 이 규칙을 듣지 않고 기차를 떠나려 했던 학생들 이름을 적었다. 그 후에 플린과 페그스와 카심은 군중에 휩쓸려 대합실로 떠밀려 갔다. 플린은 무리 중에 스투레가 없다는 사실을 놓치지 않았다. 스투레는 오전 시간을 기차에서 보낼 속셈인 듯했다. 스스로도 기외변을 믿지 못해서, 뭔가 일이 잘못되는 경우 절대로 그 옆에 있고 싶지 않은 모양이었다.

부다페스트 동부역은 고전적이고 넓고 무척 아름다웠다. 선로 몇 개만 천장으로 덮여 있고, 기차들 대부분은 환한 가을 하늘 아래에 그대로 노출되어 있었다. 구식 매표창구들이 줄지어 있고, 금과 대리석과 벽화들이 가득한 대합실은 무척 호화로웠다. 헝가리어 안내 방송이 높은 천장에 메아리쳐 울리고, 반원형 유리창으로는 하얀 햇살이 환하게 쏟아져 들어왔다.

역 건물이 아주 커서 공작들은 금세 서로 멀어져 눈에 띄지 않았다. 플린은 속으로 발걸음을 세었다. 기차에서 100미터 이상 떨어진 게 분명하다는 확신이 들자, 빵 판매대와 음료수 자동판매기 사이 구석으로 페그스와 카심을 끌고 가서 주먹을 펼쳐 보였다. 햇빛을 받은 기외변은 마치 기름 막을 입힌 것처럼 반짝였다. 플린이 어떻게 할까 하는 표정을 지어 보이자, 페그스와 카심이 고개를 끄덕였다. 플린은 심호흡을 하고 기외변을 왼쪽 귀에 꽂았다.

아무 일도 일어나지 않았다.

카심이 뭔가 물었지만 알아듣지 못했다. 카심은 플린이 전혀 모르는 언어로 얘기했다. 플린은 당황해서 귀에 꽂은 작은 금속 물체를 톡톡 두드렸다. 속이 텅 빈 것처럼 울리는 소리가 났다. 어떻게 해야 하지? 스투레가 그저 모조품을 만든 건가?

페그스가 망설이다가 히죽 웃으며 말했다.

"최소한 네 머리는 아직 어깨 위에 그대로 붙어 있어."

만능 번역이라는 기차의 마법이 사라지자, 페그스의 말에서 프랑스어 억양이 묻어 나왔다.

이번 역의 구내에는 야자나무나 파충류는 없었지만 아름다운 보라색 기념품 판매대가 하나 있었고, 조지 스티븐슨 동상이 서 있었다. 다니엘이 공작 몇 명과 함께 그 앞에 모여 있는 게 보였다. 신문 판매대 두 개 사이, 눈에 잘 띄지 않는 벽면의 오목하게 파인 공간에 위치한 작은 가게의 문이 열려 있었다. 문 위에 걸린 닳은 황동판에 쓰인 글자도 보였다.

티모시 & 닉스

플린은 그 자리에 뿌리박힌 듯이 그대로 섰다. 페도르 말로는, 욘테 오빠가 엽서를 '티모시와 닉스'에서 샀다고 하지 않았던가?

"이게 그 가게다! 지도에 표시가 되어 있었어."

페그스가 소리를 지르고서 플린을 벽 쪽으로 당겼다.

가까이 가 보니 가게 문이 바람에 뒤틀렸고, 옥색 페인트는 낡은 벽지처럼 껍질이 벗겨진 상태였다.

"나는 들어가지 않을래. 여긴 마치 망해 버린 카지노나 무료 급식소처럼……."

반대하는 말을 미처 맺기도 전에 카심이 플린을 가게로 밀어 넣었다. 플린의 목소리는 가짜 눈가루가 뿌려진 좁다란 파스텔색 선반들 사이로 흩어졌다. 플린은 눈이 휘둥그레졌다. 판매대 위에 걸린 안내판에 따르면 '티모시&닉스'는 '마법 공학적 물품을 파는, 사회적으로 유일하게 인정된 역 판매소'였고, 사실 그렇게 보였다.

사방에서 연기가 나고 휘파람과 새된 소리가 울렸다. 진열된 상자에는 기이한 발명품들이 조용히 숨을 쉬고 있었고, 그 뒤쪽의 높은 선반장에는 휴대용 자동 달력과 번호 자물쇠 일기장, 그리고 기계를 작동하면서 동시에 맛있는 수프도 끓이는 증기 냄비인 프란츠 냄비들이 잔뜩 쌓여 있었다.

그림이 그려진 천장에는 물탱크가 달린 구식 선풍기가 매달려 있었는데, 그 선풍기는 공기를 차갑게 하는 동시에 아주 작은 눈송이도 사방에 흩날려 보냈다. 천장을 가리키는 안내판에는 '10초 만에 0도로 얼어요.'라고, 그리고 그 아래에는 '옛날에는 겨울이 이랬지요!'라고 쓰여 있었다.

이 정신 나간 세상을 본 플린은 하마터면 크게 웃음을 터뜨릴 뻔했다. 옆에 있던 관광객 무리는 건반 자판이 달린 타자기를 보고 낯설다는 듯이 고개를 저으며 가게를 나섰다.

"스티븐슨이여, 고맙습니다!"

연두색 제복을 입은 판매원이 가죽 보호안경들을 선반에 넣고 있다가 소리쳤다.

"공작들이 많이 오네! 이 끔찍한 증기 제거기를 다룰 줄 아는 실습생을 고용해야 하나 고민하고 있었어. 익스프레스 물품 부서가 완전히 눈에 덮여 버렸거든.”

그가 플린을 바라보며 헛기침을 했다.

“그건 그렇고, 이 증기 제거기는 할아버지와 할머니에게 드릴 아주 탁월한 선물이지.”

그가 희망에 찬 미소를 띠고서 특별 할인 상품들이 놓인 판매대를 가리켰다. 플린은 그의 오른쪽 팔에 진짜 손이 아니라 기계손이 달려 있다는 걸 눈치챘다. 뼈 역할을 하는 듯한 금제 버팀목들 사이에서 작은 철제 관절이 연기를 내고 있었다. 남자가 플린의 손에 양동이만 한 증기 제거기를 쥐여 줬는데, 기계손의 관절 안에서 작은 톱니바퀴들이 다르륵다르륵 소리를 냈다.

“정말 아주 멋진 선물이란다.”

그가 다시 강조했다.

페그스가 손을 내젓자 남자는 한숨을 내쉬고 어깨에 내려앉은 눈송이 한 움큼을 털어 내며 중얼거렸다.

“설득당해서 이 겨울 선풍기를 산 사람에게는 더더욱 유용해.”

페그스는 눈 덮인 청록색 선반장이 있는 한쪽 구석으로 플린을 이끌었다. 금빛 안내판에 ‘자동 휴대용 계산기’나 ‘포켓형 미니 영웅. 유명한 역사적 인물-하루에 한 문장을 말하고 미소를 지을 수도 있음!’이라는 말이 적혀 있었다.

“여기로 와!”

선반 저쪽 끝에서 카심이 불렀다.

플린은 숨이 멎는 것 같았다. 당황해서 귀에 꽂은 기외변을 만져 봤다. 이게 정말 번역을 한 건가?

101

"네 말이 들려. '알아들었다'고!"

플린이 놀라서 숨도 쉬지 못하고 소리쳤다.

"당연히 그래야지."

카심이 커다란 고양이 머리 모양의 자동판매기에서 눈송이를 불어내고 말했다.

"여긴 '티모시와 닉스' 지점 가운데 한 곳이야. 아직도 마법이 가득 남아 있을 정도로 오래된 가게라고. 그러니 네가 내 말을 알아듣는다고 해도, 스투레의 이른바 그 발명품과는 아무 관계 없어. 자, 이제 시작해 볼까?"

그가 고양이 코를 눌렀다. 기계가 곧장 눈을 뜨고 커다란 입을 벌려, 달콤한 군것질거리가 잔뜩 놓인 혀를 보여 줬다.

그중엔 예를 들어 '달콤한 양(작은 포장 솜사탕)'이라는 이름의 라헨스나프 신상품과 '악당 식용 색종이. 아주 쓴 맛'도 있었다.

페그스가 고양이 혀 옆의 틈새에 동전을 넣고 있을 때, 뒤쪽 선반들 사이에서 들리는 콧소리가 플린의 귀에 들어왔다.

"저 애가 그 안개 공작이야. 쟤 좀 봐! 내가 쓴 기사보다 더 못생겼네. 안 그래?"

"욘테가 훨씬 더 매력적이었지."

해파리처럼 작고 떨리는 또 다른 목소리가 동의했다. 그 말에 플린의 등골이 전기 충격을 받은 것처럼 경련을 일으켰다. 마담 플로레트가 욘테에 관한 기사를 내다 버렸지만, 플린은 〈익스프레스-익스프레스〉 기사를 쓴 사람을 찾겠단 희망을 버리지 않고 있었다.

플린은 선반장 하나를 살금살금 돌아가서 그쪽을 엿보았다. 눈이 하얗게 덮인 통로에 공작 두 명이 서 있었다. 플린이 월드 익스프레스 안에서 이미 여러 번 봤던 얼굴이었다. 두 명 모두 페도르 또래인 것 같았지만 그보다는 어려 보였다. 한 명은 긴 금발이고 다른 한 명도 머리 길이는 똑같았지만 갈색이었다. 둘 모두 눈이 커서 그런지 플린보다 나이가 훨씬 더 어려 보였다.

"왜 그래?"

플린을 본 금발이 물었다.

플린은 심장이 떨려서 목소리까지 떨렸다.

"너, 나에 관한 기사를 썼지."

그 아이가 다용도 손거울이 가득한 선반에 등을 기대고 자기소개를 했다.

"난 오브리 베이커야. 3학년이고, 아침 운동 협회 회원이고 또래 중에 최고지."

그 아이가 갈색 머리 친구를 가리키며 말했다.

"이쪽은 베스냐. 네가 차표가 없는 아이구나."

그 말은 질문이 아니었다.

"난 플린 나이팅게일이야."

플린이 두 문장 사이에 무슨 차이라도 있다는 듯이 반박했다.

"욘테 오빠에 대해서 뭘 알고 있지?"

"사실은 전혀 몰라."

오브리가 짐짓 흥미 없단 표정으로 대꾸하고는, 엄지와 검지를 비비며 말을 이었다.

"내 말은, 요즘 같은 세상에 아무런…… 보상 없이 되는 일이 뭐가 있겠어?"

플린은 입술을 앙다물었다. 그러고는 오래 생각할 겨를도 없이 페그스와 카심이 있는 곳으로 뛰어가서, 페그스의 손바닥 위에 놓였던 마지막 동전 네 개를 집었다.

"어이!"

껌 치약을 한 팔 가득 들고 있던 카심이 소리쳤다.

"그거, 악당 색종이 살 돈이란 말이야!"

"너도 알잖아. 그거 먹어 봐야 충치만 생겨."

플린이 이렇게 대꾸하고 오브리의 손에 4포린트(헝가리 화폐 단위)를 쥐여 줬다.

오브리가 실망한 얼굴로 돈을 내려다봤다.

"너희들, 더 가진 거 없어?"

"우리 양심을 팔 수도 있어. 하지만 보아하니, 너는 그런 거 없어도 아주 잘 사는 것 같으니까."

플린의 대꾸에 오브리가 눈썹을 치켜뜨며 대답했다.

"그래, 알았어. 욘테에 대해 뭘 알고 싶어? 그 애가 얼마나 굉장했는지는 너도 잘 알 테지."

베스나는 그 말에 뭔가 우스운 점이 있기라도 한 듯 어린아이처럼 킥킥거렸다. 플린은 현실과는 달리 자기가 고학년이고 두 명이 햇병아리라는 느낌이 점차 강하게 들었다.

"욘테 오빠가 기차에서 얼마나 굉장했는지 나는 전혀 몰라."

플린이 짜증스럽게 대꾸했다.

"그래서 지금 어디 있지? 왜 기차에 없어?"

그 직후에 플린은 누군가 욘테 오빠에 대해서 한 말 중에 가장 기이한 말을 듣게 됐다.

"걔는 두려워했어."

베스나가 대답했다.

'두려워했다고? 욘테 오빠가?'

플린은 어리둥절해져서 과거를 돌이켜 봤다. 기억이 닿는 한 욘테는 언제 어디서나 —학교든, 집이든, 다른 그 어디에서든— 사람들의 감탄을 자아냈다. 두려움이 없었고, 언제나 용감했으니까. 교사들에게든, 엄마에게든, 삶 전체를 대할 때 언제나.

"욘테 오빠가 뭘 두려워했다는 거야? 혹시 라테피의 음식을?"

플린이 무뚝뚝하게 물었다. 사실 그것조차 두려워했을 리가 없었다. 욘테는 언젠가 10년이나 된 과자를 먹은 적도 있었다.

베스나는 휘파람 소리를 내는 옷장 손잡이가 잔뜩 놓인 선반을 바라보며 말했다.

"어쨌든 걔는 컬리와 자주 이야기를 나누었어."

"컬리와?!"

플린은 하마터면 사레에 들릴 뻔했다. 이곳에서, 가루 설탕이 뿌려진 티모시와 닉스 가게의 선반들 사이에서, 플린은 자신의 모든 확신이 스노 글로브 속 형체들처럼 완전히 잘못됐음을 깨달았다.

"아마도 크고 넓은 세상이 두려웠나 보네."

오브리가 나른한 목소리로 결론을 냈다.

"그런 일은 가끔 일어나거든. 그렇게 되면 집으로 쫓겨나게 되는데, 거기서는 다시 다 괜찮아져. 너도 알잖아."

플린은 도저히 믿을 수 없어 고개를 저었다. 이제 아는 거라고는 하나도 없었다.

플린은 크고 넓은 세상으로 오빠를 찾으러 가는 게 두려운 게 아니라, 욘테 오빠를 다시는 만나지 못할까 봐 두려웠다. 시간과 삶이 멈춘, 곰팡내 나는 작은 집에 있을 생각을 하면 더더욱 끔찍했다.

허공에서 들리는 소리

카심은 셋이 함께 '티모시와 닉스' 가게를 떠나기 전에, 미용용품 부서에서 머리카락 염색약을 하나 샀다.

"너, 돈이 아직도 있었어?"

세 명이 구식 금전등록기 앞에 섰을 때, 페그스가 그를 날카롭게 노려보며 물었다.

"우리 아까 롤링을 몽땅 모았잖아!"

카심이 물건이 든 갈색 종이봉투와 거스름돈을 받아 들고서 페그스에게 대답했다.

"하벨만, 흥분하지 마. 그 못된 오브리에게서 우리 돈 4포린트를 다시 찾은 거니까. 걔는 전혀 알아채지도 못했어."

플린이 슬쩍 히죽거렸다. 이 둘이 자기 편이라서 좋았다.

플린은 높고 넓은 유리창으로 눈길을 돌렸다. 유리창 너머에서 잿빛 구름이 뭉게뭉게 일었다. 평범한 역 건물을 돌아다니는 일은 작은 세상을 산책하는 듯한 기분이었다. 그들은 이 작은 세상이 아주 많은 것이 가능한 더 큰 세상, 마법과 마법 공학이 존재하는 세상에 에워싸여 있다는 걸 알고 있었다.

카심이 두 사람에게 잠시 서 있으라는 신호를 보냈다. 플린은 카심이 군중을 뚫고 멀어지는 모습을 바라보다, 아주 짧은 순간 그가 다른 사람들에게서 뭔가 도둑질을 하려고 한다는 끔찍한 생각을 했다. 하지만 카심은 벽에 기대어 쪼그리고 앉은 어떤 노인 앞에서 멈춰 섰다. 그 옆에는 털이 헝클어진 개가 한 마리 있었다. 카심은 플린이 한 번도 본 적이 없는 수줍은 미소를 띠더니, 쇼핑을 하고 남은 거스름돈을 남자의 손에 쥐여 줬다.

플린은 놀라서 그를 빤히 바라봤다. 따뜻하고 가벼운 느낌이 가슴에 퍼져서, 페그스를 돌아보며 말했다.

"카심 정말 멋지다!"

그때 바로 뒤에서 경멸하듯 킥킥대는 소리가 들렸다. 목덜미를 파고드는 까마귀 발톱 같은 소리였다. 플린이 깜짝 놀라 돌아보니, 티모시와 닉스 가게의 종이봉투를 여러 개 손에 든 가라비나가 비웃는 눈길로 보고 있었다.

"저 거지를 너희 편으로 만들려고? 너희 '허수아비 팀' 말이야."

가라비나가 서툰 독일어로 물었다.

플린은 놀라서 오른쪽 귀에 꽂은 기외변을 두드렸다. 묵직한 '통통' 소리 말고 다른 소리는 들리지 않았다.

"'냉혈 팀'보다는 낫지."

페그스가 떨리는 목소리로 대꾸했다.

가라비나가 웃음을 터뜨리고 방금 새로 산 펌프스로 또각또각 소리를 내며 사라지자, 페그스가 플린에게 설명했다.

"가라비나는 독일어를 해. 스투레가 언젠가 말해 줬었는데, 가라비나는 예전에 에스파냐에서 4개 국어를 하는 사립학교에 다닌 적이 있대.”

플린은 경멸하듯이 숨을 내쉬었다. 에스파냐어 억양이 너무 강해서 플린은 가라비나가 무슨 말을 하는지 거의 알아듣지 못했다. 그러다가 카심이 다시 두 사람에게 돌아오고 나서야 가라비나가 했던 말을 뒤늦게 알아들었다.

“난 가라비나가 아주 싫어.”

플린이 상심해서 말했다.

카심이 무슨 일이냐고 묻는 표정을 지었지만, 페그스와 플린은 그의 좋은 기분을 망치고 싶지 않았다.

출발까지 이제 겨우 10분 남았다. 셋은 발포 분말 청량제와 공무원 초콜릿과 달콤한 아기 양을 주머니에 가득 채운 채 선로로 천천히 걸어갔다. 공작들이 월드 익스프레스 앞에 이미 많이 모여 있었다. 쇼핑한 것들을 서로 보여 주고, 얼굴을 찌푸리지 않고 누가 악당 색종이를 더 많이 먹을 수 있는지 내기도 했다.

플린은 웃을 기분이 아니었다. 가라비나를 향한 증오뿐만이 아니라, 오브리가 한 말이 머릿속에서 계속 울렸기 때문이다. “걔는 두려워했어.”

그게 무슨 뜻인지 욘테 오빠에게 직접 물어볼 수 있다면 얼마나 좋을까! 플린은 침대차 앞 승강단을 오르다가, 제일 꼭대기 계단에 그대로 멈춰 섰다.

“금방 따라갈게.”

페그스와 카심에게 이렇게 말하고 플린은 뒤돌아서서 사람들을 **109**

헤치며 나갔다. 엄청난 양의 편지와 소포를 건네받고 있는 다니엘을 목격한 것이다. 그중 제일 위에 있는, 서툰 글씨체로 쓴 길쭉한 편지는 접착테이프로 여기저기 붙인 상태였다. 플린은 그게 바이덴보르스텔에서 왔다고 확신했다. 봉투를 여러 번 재사용하는 사람은 세상에 자기 엄마밖에 없을 테니까.

플린은 다니엘 옆에 서서 끈기 있게 기다렸는데, 몇 분 지나자 다니엘이 우편집배원에게 말했다.

"죄송합니다만, 지금 봐 주지 않으면 불안해서 당장이라도 죽게 될 사람이 있어요."

플린은 그 말이 상당히 적절하지 못하다고 판단했다. 자기는 주목받기를 원한 게 아니라 그저 편지 한 통만 가져가려던 건데. 하지만 다니엘은 편지 무더기에서 그 봉투를 건네줄 생각을 하지 않았다.

"플린, 미안하다. 나는 원칙적으로 점심 식사 후에 우편물을 나눠 준다. 안 그랬다가는 공작들이 떼를 지어 나에게 덤벼들 거야. 너도 상상할 수 있지?"

플린은 노루에게 덤벼드는 늑대 무리를 순식간에 떠올렸다.

"아, 예. 알겠어요. 방해해서 죄송합니다."

플린은 실망을 감추려 했다. 다니엘은 나를 공작 중 한 명처럼 대해. 그런데 왜 갑자기 기분이 안 좋은 거지? 내가 원하던 게 바로 이거 아니었나?

"어이, 플린!"

플린이 몸을 돌렸다. 정장을 입은 한스와 롤프를 도와, 익스프레스에서 다음 주에 사용할 온갖 물품을 내리고 있는 페도르가 눈에 들어왔다. 산더미 같은 사과와 배와 견과류, 올리브유 양철통과 반짝이는 식수, 설탕과 소금과 밀가루 포대뿐 아니라 종이와 잉크 박스, 비누와 빨래 세제가 가득한 상자도 있었다.

불안해하는 플린의 얼굴을 본 페도르가 과장해서 즐거운 표정을 하고서 입술로 '걱정하지 마!'라는 모양을 지어 보였다.

플린은 오늘 저녁에 있을 파쿠르 대결이 끔찍하게 끝날 거란 예감이 불현듯 들었다.

기차에 올라, 유리창을 통해 페도르를 지켜봤다. 승강장에서 아무 걱정도 없이 웃고 있는 공작들이 몇 광년이나 멀어 보였다.

남학생용 침대차 두 대에는 아무도 없었다. 바깥에는 생생한 삶이 펼쳐지는데, 기차 안은 답답한 정적뿐이었다. 덜컹거리는 바퀴 소리와 바닥이 오르락내리락하는 느낌이 빠진 기차는 깊은 잠에 빠진 것처럼 보였다.

페그스와 카심을 따라 잡으려고 통로를 지나던 플린은 정적을 울리는 어떤 목소리를 들었다. 누군가가 플린의 바로 옆에 서 있는 느낌이었다.

"예티, 가지 마."

플린은 소스라치게 놀라 뒤를 돌아봤다. 객실 문은 모두 닫혀 있었다. 나른한 정오의 햇살이 방금 청소한 유리창으로 들어와, 마호가니 문과 거기 붙은 금빛 로고를 반짝반짝 빛나게 했다.

"예티, 제발."

플린은 다시 한번 뒤로 돌아서서 얕은 숨을 헉헉 내쉬었다. 아무

111

도 없었다.

"나를 믿어."

이번에는 다른 목소리였다. 차분하고 부드러웠다.

'이건 예티구나. 예티가 누군진 모르지만.'

이런 생각이 머릿속을 스치고 지나갔다. 플린은 몸을 돌려, 월드 익스프레스 졸업생들 사진을 바라봤다. 눈높이에 '잭 런던'이 걸려 있었다.

"너희들이었어?"

플린이 속삭였다.

아무 대답도 없었다. '알베르트 아인슈타인'과 '니콜라 테슬라'의 철자만이 나지막하게 달칵거리면서 '스스로의 업적'과 '끈기'로 바뀌었다.

"대단하네."

플린이 말을 내뱉곤 객실 문을 향해 돌아섰다. 싸늘한 공포가 마비시키듯 등골을 타고 올라왔다. 어깨를 쭉 펴고, 아무것도 듣지 못했다는 듯이 발걸음을 옮겼다. 하지만 두 걸음 갔을 때 '머릿속에서 직접' 크고 또렷한 고함이 들려왔다.

플린은 양손으로 귀를 막고 웅크렸다. 그러나 그 고함 소리는 머릿속에 갇혀 계속 울리는 것처럼 더 커졌다. 그러다가 어느 순간 불현듯 멈췄다.

플린은 토하는 듯한 자세로 앞으로 몸을 숙인 채로 가쁜 숨을 쉬었다. 공황에 휩싸였다. 밤의 온갖 공포와 위험이 구석마다 숨어 있다가 이제 스멀스멀 기어 나오는 것 같았다.

차량 앞쪽 문이 열리더니, 페그스와 카심이 들어왔다.

"너 도대체 어디……."

카심이 입을 열었다가, 얼굴이 허옇게 되어 유리창에 기대어 있는 플린을 보고 말을 더듬었다.

"플린, 무슨 일이야?"

플린은 목소리들이 허공에 유령처럼 있기라도 하는 듯이 조심스럽게 몸을 똑바로 세우고 대답했다.

"나도 몰라."

그러고는 귀를 쓰다듬는데, 전혀 믿지 못할 일이 벌어졌다. 시간을 멈추고 플린의 마음속 가장 깊은 곳을 깨우는 일이었다.

정적을 깨고서 또 하나의 목소리가 들려왔다. 익히 잘 아는, 따뜻하면서도 거친 소리였다. 2년이나 지났지만, 그 목소리는 밀밭을 쏴쏴 스치는 바람 소리와 부메랑이 허공을 가를 때 나는 웅웅 소리처럼 이 세상의 어디에서라도 알아들을 수 있는 욘테 오빠의 목소리였다.

"난 당하고 있지 않을 거야!"

흥분하고 불안한 목소리였다. 오브리와 베스나가 했던 말이 옳았다. 욘테는 두려워했다.

"내가 살펴볼게. 알았지?"

플린은 눈을 크게 떴다. 목소리는 손만 뻗으면 욘테를 만질 수 있을 것처럼 가까이에서 들렸다. 또 다른 밝은 목소리가 욘테의 말에 반대하는 말을 했지만, 바로 그 순간 페그스가 고함을 질렀다.

"플린, 도대체 왜 그래?"

"조용히 해!"

플린이 새된 소리를 내며 손을 들어 올렸다. 아늑한 욘테의 목소리를 듣고 싶었다.

"언제까지 이렇게 지낼 수는 없어. 그렇게 회의적인 표정으로 보지 마. 너랑은 상관없잖아. 그리고 절대로 컬리를 데리고 올 생각은 하지 말고. 나 이제 한다."

욘테가 말했다.

한참 침묵이 흐른 후에, 꽉 억누른 비명처럼 숨이 막힌 소리가 들렸다.

"욘테?"

다른 목소리가 말했다.

"욘테, 빌어먹을. 나는 이제 들어간다. 컬리를 데리고 올게. 욘테, 내가……."

누군가가 싸늘한 손가락으로 플린의 귀를 잡아당기고 뭔가를 꺼냈다. 귀마개가 떨어져 나간 느낌이었다. 안락한 정적이 찾아왔다. 승강장에서 떠드는 공작들의 나지막한 목소리, 멀리서 대합실 안내 방송 소리가 들렸다.

플린이 눈을 깜박거렸다. 화가 잔뜩 난 페그스가 작은 금속 물체를 손에 들고 있었다. 그 금속 물체는 꿀벌처럼 웅웅거리는 소리를 냈다.

"기외변이네. 완전히 잊어버리고 있었어."

플린이 말했다. 입이 사포처럼 바짝 말랐다.

플린이 말을 제대로 마치기도 전에 페그스가 팔을 들어 올려, 통로 끝의 철문을 향해 그 물체를 내던졌다. 번역기가 달그락거리며 바닥으로 떨어지더니 양탄자에 파묻혔다.

"너 미쳤어? 그건……."

플린이 새된 소리를 내자 페그스가 화를 내며 소리쳤다.

"그게 뭔데? 네가 제정신을 완전히 잃어버릴 물건이지!"

페그스가 손가락을 들어 올리고 말을 이었다.

"플린, 네가 방금 뭘 들었는지 몰라도 그건 너에게 좋지 않아. 위험하다고!"

플린이 반박하려 했지만 페그스가 더 빨랐다.

"널 걱정하느라 하마터면 심장마비 걸릴 뻔했단 말이야!"

페그스가 화가 난 얼굴로 이리저리 왔다 갔다 하기 시작했다. 플린은 페그스가 이렇게 흥분한 모습은 본 적이 없었다.

"우리 부모님은 기차 안에서 실종된 오빠나 한밤중의 탐사, 섬뜩한 번역기, 그리고 별자리들이 소곤거리면서 조심하라고 경고하는 수상쩍은 선생에 대해 알려 주지 않았어!"

"음식도 빼놓지 마."

카심이 히죽 웃으며 끼어들었다. 그는 플린이 당장 쓰러지기라도 한다는 듯이 어깨를 잡고 있었다.

"그래, 익숙해져야 하는 음식에 대해서도!"

페그스가 이렇게 외치고는 심호흡을 한 뒤에 덧붙였다.

"차표를 당장 바꿔야겠어. 여기보다 오리엔트 익스프레스가 더 나은 선택 같아."

카심이 웃음을 터뜨리고 달랬다.

"페그스, 흥분 가라앉혀."

페그스가 그 자리에 그대로 선 채 화난 목소리로 소리쳤다.

"나 흥분한 거 아니야!"

카심이 눈을 흘기며 말했다.

"이 학교는 네가 생각한 것보다 조금 더 위험해. 그래서 뭐? 인생이 다 그런 거야."

페그스가 자기 머리카락을 헝클어뜨리며 대꾸했다.

"난 의상 디자이너가 될 생각이야. 월드 익스프레스는 내가 그전에 죽지 않게 보장해 줘야 한다고……. 그거 그대로 둬!"

마지막 말은 플린에게 한 거였다. 플린은 차량 끝으로 가서 기외변을 집어 들었다. 외부 금속 껍질은 부서졌고, 내부에서도 뭔가 떨어져 나왔는지 나지막하게 울리는 소리가 났다.

"망가졌다."

플린이 말했다. 자기 자신도 마치 기외변처럼 깨지고 망가진 느낌이었다.

"스투레가 날 죽일 거야."

페그스가 안도의 한숨을 내쉬고 말했다.

"스투레는 멍청한 애야. 그 애가 만든 게 뭔지는 모르지만, 어쨌든 번역기는 분명히 아니라고."

페그스 말이 옳았다. 그렇다면 이 물건은 도대체 뭘까? 내가 듣고 싶은 말을 들려주는 건가?

"그거 내다 버려."

페그스가 말했다.

플린은 화가 난 페그스의 얼굴을 바라봤다. 그러다가 자기가 진짜 친구들을 찾았다는 사실을 불현듯 깨달았다. 이 아이들은 내가 기묘하고 자기들이랑 달라서 날 좋아하는 게 아니야. 나를 걱정해 주고, 내가 이 기차에서 자기들과 함께 있는 걸 지극히 당연하게 생각하는 친구들이지. 마치 내가 예전부터 이 기차에 있었던 것처럼.

아주 잠깐 동안 플린은 페그스와 카심과 함께라면 불사신이라도 될 것 같은 기분 좋은 느낌에 취했다. 그러나 곧 양심의 가책이 밀려왔다. 욘테 오빠를 찾다가 누군가를 걱정시키는 결과를 낳는 건 플린이 원하지 않던 일이었다.

바깥 승강장이 조용해졌다. 그때 기관차가 기적을 울려 월드 익스프레스를 잠에서 깨웠다. 철마가 숨을 헉헉 내쉬면서 움직이기 시작했다.

"그래, 버릴게."

플린이 약속했다.

페그스가 몸을 돌리자, 플린은 기외변을 바지 주머니에 넣었다.

식당차에서 아주 맛있는 마늘과 파프리카 향기가 풍겨왔다. 헝가리식 스튜 굴라시였다. 플린은 페그스가 이번 점심 식사 메뉴에 불평을 하지 않아서 놀랐다. 페그스는 불평 대신 박하와 육두구 향기가 나는 적갈색 초콜릿 상자를 꺼냈다.

"왜 그래?"

플린의 시선을 눈치챈 페그스가 물었다.

"이 상자가 오늘 아침에 내 객실 문 앞에 놓여 있더라. 분명히 올리버 스톱스가 가져다 둔 거겠지."

뷔페 옆에서 두 사람 뒤에 서 있던 카심이 화들짝 놀라 눈을 크게 뜨고 물었다.

"왜 그렇게 생각해?"

페그스는 어깨를 으쓱하고서는 굴라시를 아주 조금 접시에 담으며 되물었다.

"그 애가 아니면 누구겠어? 내 생각에, 올리버 스톱스가 나를 좋아하는 것 같아."

플린은 한숨을 내쉬며 굴라시를 접시에 담은 다음, 두 친구와 함께 차량 끝 쪽 식탁에 앉았다.

페그스가 살그머니 그 초콜릿을 먹는 동안, 플린은 카심에게 무슨 일이냐고 묻는 눈길을 보냈다. '카심'이 잠 못 이루는 어느 날 밤에 초콜릿을 만들었다고 확신했기 때문이다. 카심은 짜증스러운 표정으로 굴라시를 쿡쿡 쑤셨다.

식사를 모두 마친 후 다니엘이 우편물을 나눠 주기 시작하자 플린은 푹 잠겨 있던 생각에서 벗어났다. 그러고는 공작들이 한 명씩 차례로 집에서 온 편지를 받는 모습을 지켜봤다. 대부분은 크고 두툼한 봉투를 받았지만 두어 명은 아무것도 받지 못했다. 그들 중에 카심과…… 플린도 있었다.

어떻게 이럴 수 있지? 승강장에서 분명히 봤는데, 나에게 온 편지였잖아! 플린은 학생들 무리를 헤치고, 교사용 식탁에 앉아 우편물을 훑어보는 다니엘에게 다가갔다. 얇은 봉투들은 모두 공문서처럼 보였다.

"아이고, 프레트 씨가 또다시 편지를 보냈군요. 페이, 이것 좀 처리해 주시겠어요?"

플린은 숨을 꿀꺽 삼켰다. 다니엘 건너편에 마담 플로레트가 앉아, 후식을 세 접시째 먹는 중이었다. 마담 플로레트는 자기에게 온 긴 손편지를 읽는 데 열중하느라 그저 흘낏 고개만 들고 대답했다.

"4주 동안 세 번이나 왔군요."

그런 다음 다니엘이 건네는 편지를 받아 들었다.

플린은 잠시 망설였다. 왜 이렇게 초조하지? 그 편지는 내 거잖아! 아마 실수로 못 받았을 거야.

"실례합니다."

플린이 다니엘에게 말을 걸고는 양손을 셔츠 소매에 푹 집어넣었다.

다니엘은 2초가 지나서야 읽던 편지에서 고개를 들었지만, 플린을 제대로 쳐다보지도 않고 물었다.

"아, 플린. 무슨 일이지?"

그 말에 플린은 인내심을 잃었다.

"내 편지를 가지러 왔어요."

다니엘이 아무런 반응도 보이지 않자 플린이 덧붙였다.

"엄마에게서 온 편지예요."

다니엘은 다음 편지 봉투를 뜯고는 한숨을 내쉬고 말했다.

"빌어먹을, 난 이런 서류 더미 때문에 언젠가 죽고 말 거야."

"형에게 그 일을 맡기는 게 나을 텐데요."

마담 플로레트가 말했다. 마담은 긴 편지를 계속 읽으면서, 나머

지 우편물은 무릎에 쌓아 놓고 삶은 배와 바닐라 아이스크림에 초
코시럽을 뿌린 디저트를 먹는 중이었다.

'멀티태스킹이 이 세상을 구원하리라.'

플린이 씁쓸하게 생각했다.

'빌어먹을, 도대체 내 편지는 어디 있는 거야?'

"지난주에 나더러 엄마에게 편지를 쓰라고 하셨잖아요."

플린이 재차 말했다.

다니엘이 드디어 고개를 똑바로 들었다.

"듣자 하니, 넌 우리가 마드리드를 떠난 일요일 오후에야 편지를
썼더구나. 그러니 네 엄마에게 쓴 그 편지는 오늘 보냈다."

그가 고개를 비스듬하게 내리고 덧붙였다.

"그런데 오늘 보낸 편지에 네 엄마가 벌써 답장을 했다는 건, 아
주 이상한 일 아닐까?"

"하지만…… 네, 알겠어요. 그래도…….”

플린은 입을 다물었다. 엄마가 물론 벌써 '답장'을 할 수야 없지
만, '그냥' 편지를 보낼 수도 있지 않나? 그게 우리 엄마와는 어울
리지 않는 행동이라는 거야 나는 잘 알지만 다니엘은 모르잖아. 안
그런가?

"부다페스트에서 편지를 봤어요. 그러니 아직 있을 거예요. 확실
해요.”

플린이 계속 우겼다.

다니엘은 불현듯 도시 풍경을 다시 한번 보고 싶다는 듯이 창밖
으로 시선을 돌리고 대답했다.

"플린, 유감스럽게도 너에게 온 편지는 없었단다."

"분명히 있었어요!"

플린은 자기 목소리에 묻어나는 짜증에 스스로 깜짝 놀랐다.

마담 플로레트가 긴 편지를 휙휙 접고서 말했다.

"이티겔, '장신' 차려요. 당신이 온 이후로 이곳이 아주 끔찍하게 소란스러워요."

"'정신' 차리라고요."

플린이 나지막하게 선생의 말을 고쳤다.

마담 플로레트가 숨을 헐떡거리며 고함을 질렀다.

"나는 24년 내내 정신 차리고 있어요! 정말이라고요! 버릇, 버릇이 없어. 당신들 모두 버릇이 없어요!"

마담 플로레트가 자리에서 일어나더니. 플린을 식당차 바깥으로 쫓아냈다.

허깨비 공작들

플린은 다니엘이 자기를 속였다고 확신했다. 하지만 도대체 왜? 그리고 그가 거짓말을 했다는 걸 어떻게 증명해야 하지?

식당차 앞의 승강단에 서서 플린은 다니엘 때문에 잠시 흥분했다. 그러나 격한 짜증은 몇 초 지나지 않아 불안으로 바뀌었다. 플린은 카심과 페그스에게 도움을 청하기로 마음먹었다. 그 둘은 전망대 차량 난간에 느긋하게 앉아, 바퀴 박자에 맞추어 이리저리 몸을 흔들고 있었다.

"마담 플로레트가 가라비나에게 왜 모든 걸 허락해 주는 건지 이해가 안 가네."

카심이 중얼거리고 차량 끝 쪽을 가리켰다. 가라비나가 나무 바닥에 앉아 난간 너머로 다리를 내놓고 번갈아 흔들고 있었다. 가라비나는 서늘하고 습한 가을 공기 속에서 산들이 이어지는 경치를 즐기는, 거의 평범한 여자아이처럼 보였다.

"가라비나는 지금 19번 규칙을 어기고 있어. 팔과 머리, 다리를 창문이나 문, 난간 너머로 뻗어서는 안 된다. 난간 아래로 뻗는 것도 금지한다."

페그스가 카심에게 말했다.

"너희들은 지금 난간 '위에' 앉아 있어. 마담 플로레트는 분명 가라비나보다 너희를 혼낼 거야."

플린이 반박하자 카심이 히죽 웃으며 대꾸했다.

"마담은 우리가 규칙을 지킬 거라고 기대하지도 않아."

카심과 페그스는 느긋한 분위기였다. 점심 식사 때의 초콜릿은 이제 잊은 듯했다. 하지만 페그스가 자기가 말을 할 때면, '머리가 둔함'이라고 커다랗게 쓰인 진초록 혀가 보인다는 사실을 아직 깨닫지 못했기 때문인지도 모른다.

플린이 심호흡을 하고 말했다.

"너희들의 도움이 필요해, 다니엘이 나에게 온 편지 한 통을 숨긴 것 같아."

카심이 연청색 머리카락 몇 올을 얼굴에서 걷어 내며 말했다.

"네가 알아서는 안 될 내용이 들어 있나 보네."

플린이 눈썹을 치켜떴다.

"엄마가 내가 알아서는 안 될 말을 나에게 보낸 편지에 썼단 말이야?"

카심이 범죄 흔적을 고민하는 탐정처럼 눈을 질끈 감고서 더 자세하게 말했다.

"다니엘이 네가 알기를 원하지 않는 일. 네 오빠에 관한 일."

플린도 똑같은 짐작을 했다. 엄마는 욘테 오빠가 사라진 이후로 한 번도 오빠 이야기를 한 적이 없지만, 어쩌면 '쓰는 일'은 좀 쉬웠는지도 몰라……

카심은 하마터면 난간 너머로 떨어질 만큼이나 빠르게 몸을 똑바로 세우고 소리쳤다.

"좋아, 우리가 도와줄게!"

울퉁불퉁한 낡은 선로를 지나는 동안에는 기차가 아주 천천히 움직였지만, 난간에 앉아 있는 행위는 여전히 아주 위험했다. 카심이 요란하게 움직이는 바람에 가라비나가 아이들 쪽으로 눈길을 돌렸다.

"그게 무슨 뜻이야?"

플린은 가라비나가 듣지 못하게 살짝 물었다.

"네 편지를 우리가 같이 찾겠다는 소리지. 오늘 당장. 그러니 마음의 준비를 하고 있어."

카심이 눈을 반짝이며 대답하자 플린이 미소를 지었다. 친구들을 발견했다는 기쁨도 컸지만, 그게 바로 '이 친구들'이어서 더 좋았다. 폭도이자 금고털이인 동시에 처벌을 두려워하지 않는 아이보다 편지를 찾는 데에 더 나은 친구는 없을 터였다.

페그스의 뺨이 붉어지며 플린에게 경고했다.

"그 일은 전망대 차량 난간에 그냥 앉아 있는 정도보다 훨씬 위험할 거야."

그러고는 마치 그래서 마음에 든다는 듯이 덧붙였다.

"어떻게 해야 할지 계획이 하나 있어!"

저녁 식사 전에 카심이 플린의 객실 문을 두드렸다. 자그마한 짙은 회색 천 뭉치를 겨드랑이에 낀 채 얼굴 가득 미소를 띠고 서 있었다. 머리카락은 늘 그렇듯이 파란색이었다.

"자, 여기."

그가 천 뭉치를 펴자 티셔츠 두 장이 모습을 드러냈다.

"이걸로 우리가 몇 분 동안 남의 눈에 전혀 띄지 않을 시간을 벌 수 있어."

카심이 생각에 잠긴 표정으로 눈을 꾹 감고 히죽거렸다.

"네 편지를 찾는 데는 5분이면 충분해. 시작하자!"

그가 플린에게 티셔츠 한 장과 작은 유리병을 건넸다. 병에는 아무 글씨도 없고, 은빛 모래가 섞인 걸쭉한 갈색 액체가 절반쯤 차 있었다.

플린이 유리병을 빤히 노려보며 물었다.

"설마 이걸 마셔야 하는 건 아니겠지?"

카심이 웃음을 터뜨리고 통로 입구 쪽의 욕실 문을 가리켰다.

"티셔츠를 입어. 그리고 그 액체로 머리를 감고."

플린이 병을 뒤집어봤지만 갈색 액체는 움직이지 않았다.

"이걸로 머리를 감으라고?"

플린이 눈썹을 치켜뜨고 카심을 바라봤다.

카심이 플린을 욕실 쪽으로 밀며 말했다.

"그 편지를 읽고 싶어, 읽기 싫어?"

그러고는 플린을 욕실로 밀어 넣고 문을 닫았다.

플린은 2초쯤 멍하니 서 있다가 머리를 샤워기 헤드 아래로 넣고 수도꼭지를 돌렸다. 5분 후 머리를 다 감고 거울을 봤다. 헝클어진 회갈색 머리카락이 플린의 얼굴을 덮고 있었다. 달라진 게 없었다. **125**

티셔츠는 확실히 달랐다. 록밴드 팬 티셔츠였는데, 플린이 평소에 입는 체크무늬 셔츠보다 품이 작았다. 그 옷을 입으니 어딘지 모르게 예민해 보였다. 셔츠 앞쪽에 음반 커버 글씨를 연상시키는 두꺼운 필체로 '철새'라고 쓰여 있었다. 그 아래에 펭귄 한 마리가 그려져 있고, 북쪽 여행이라는 글씨도 보였다. 뒷면에는 런던과 도쿄, 뉴욕과 같은 도시와 여행 날짜가 가득 적혀 있었다. 엉덩이 바로 위쪽엔 다름슈타트라는 도시 이름도 적혀 있었는데, 플린의 생각에는 약간 유치하게 보였다.

복도로 나와 보니 카심도 '철새' 셔츠 차림이었다.

"이게 온테 오빠와 관련된 일만 아니라면, 네가 낸 아이디어 중에 가장 멍청하다고 말할 텐데."

플린이 말했다. 이 셔츠를 왜 입어야 하는 건지 도무지 알 수 없었다. 마담 플로레트가 이 모습을 본다면 분명 기절할 거라는 사실만 빼고는.

"나를 믿어. 이 계획은 아주 확실해."

카심이 대꾸했다.

하지만 플린은 이런 차림새가 아주 불편했다. 구석에 있는 그림자들도 마땅찮다며 비웃는 듯했다.

식당차 앞에서 둘을 기다리던 페그스가 눈을 반짝이며 말했다.

"셔츠가 잘 어울릴 거라고 이미 예상했어."

그러고는 손가락으로 천을 재단하는 시늉을 하며 덧붙였다.

"잊지 마. 내 이름은 토끼고, 이 일에 대해서는 아무것도 몰라."

"나도 몰라."

플린이 어깨를 으쓱하면서 중얼거렸다. 도대체 카심이 무슨 계획을 세운 거지?

카심이 눈을 흘기곤 한쪽 팔을 페그스 어깨에 걸치며 말했다.

"네 이름은 아마도 철새겠지. 요 빌어먹을 천재 재단사야."

페그스가 그의 팔을 털어 내고 플린을 카심 옆으로 밀었다. 카심이 웃음을 터뜨리면서 무거운 문을 열었다. 세 사람은 울부짖는 바람에 밀려서 식당차로 들어섰다. 플린이 이곳에서 보낸 첫날과 같았다. 공작들이 모두 고개를 들고 이들을 노려봤다. 고개를 돌렸다가도 잠시 후에 다시 바라봤다. 나지막하게 소곤대는 소리가 식당차에 가득 찼다.

페그스가 차량 끝의 그들 자리에 재빠르게 앉았다. 플린도 그렇게 하고 싶었다.

"아주 평범하게 행동해."

카심이 이렇게 말하고서, 방금 왕위에 오른 왕처럼 당당하게 뷔페로 향했다. 그러고는 도발적으로 보일 만큼 느긋하게 굴라시 수프를 접시에 담았다.

"그게 말처럼 쉬우면 좋으련만."

플린이 중얼거렸다.

"유네스! 이티겔!"

마담 플로레트가 이미 뒤에 와 있었다. 폭도를 훈계해야 하는 이 귀찮은 임무에 구역질이 난다는 듯이 마담의 입술이 떨렸다. 플린은 불현듯 마담이 불쌍하다는 생각이 들었다.

"당장 자리에 앉아요! '음식 담지 말고' 얼른! 이렇게 대놓고 규

127

칙을 어기다니, 도대체 무슨 생각을 한⋯⋯."

갑자기 바스락거리는 소리가 들리자 마담이 입을 다물었다. 플린은 카심의 파란색 머리카락에 처음에는 초록색, 그 다음에는 금빛 머리카락이 발포 분말이 물에 녹는 듯한 소리를 내면서 섞이는 장면을 감탄과 충격이 뒤섞인 마음으로 지켜봤다.

카심이 시계를 보고 소곤거렸다.

"시간이 됐어. 티모시와 닉스 가게에서 산 염색약 한 통을 더 섞었지. 4, 3, 2⋯⋯."

또다시 들리는 바스락거리는 소리에 플린은 소스라치게 놀랐다. 두피가 근질거리는 느낌이 들었다. 유리창에 비친 자기 모습을 지켜보며 경악했다. 머리카락 전체가 파란색과 보라색으로 변했고 군데군데 황금빛도 섞였다. 플린은 헝클어진 보라색 머리카락을 잡고 말없이 카심을 노려보다가 입을 뗐다.

"너 미쳤어? 내가 마치⋯⋯ 만화에 나오는 유니콘 같잖아!"

열광하여 킥킥거리는 소리가 식당차에 퍼져 나갔다. 공작들은 히죽거리며 서로 쿡쿡 찌르고, 웃음을 터뜨리고, 흥분해서 소곤거렸다. 2학년 몇몇은 감동한 듯 박수를 쳤고, 5학년 공작 한 명은 모자를 벗어 존경을 표하는 시늉까지 했다. 플린은 살짝 취한 느낌이었다. 사람들의 관심을 받는 게 그다지 나쁜 건 아니라는 생각이 잠시 들었다.

마담 플로레트가 당장이라도 소리를 지르려는 듯이 입술을 앙다물었다.

"난 더 중요한 일을 해야 해요."

마담이 서류철을 자기 몸에 바짝 붙이며 말했다.

"'더 중요한 일' 말이지요. 그런데 지금은 두 사람의 사춘기 장난질을 처리해야 하네요."

'난 욘테 오빠를 찾아야 해요. 그건 얼마나 중요한 일이라고 생각하시나요?'

이런 생각이 플린 머릿속을 스치고 지나갔다.

마담 플로레트가 미간을 움켜쥐고 말했다.

"당장 머리부터 감아요. 옷도 갈아입고."

그러고는 플린과 카심을 통로 쪽으로 부르더니 식당차 바깥 승강단으로 밀어냈다.

카심은 마담 플로레트가 식당차로 들어가자마자 스톱워치를 누르고 말했다.

"5분이야. 그 이상은 절대 안 돼. 더 지체하면 마담이 우리를 찾으러 누군가 보낼 거야. 아니, 더 일찍 보내겠지. 다니엘이 아직 식탁에 앉아 있어?"

플린은 문에 난 작은 유리창으로 안쪽을 살짝 들여다봤다.

"응, 계속 식사 중이야."

"마담 플로레트는?"

"마담도. 그런데 상당히 열정적으로 먹네."

카심은 자기들 때문에 스트레스를 받은 마담이 전혀 불쌍하지 않다는 듯이 웃음을 터뜨렸다.

"페그스는?"

카심이 재빨리 또 물었다. 그의 귀가 빨갛게 변했다.

"지금 곤란한 상황에 처한 건 아니지? 티셔츠를 페그스가 줬다는 건 아무도 몰라."

플린이 어깨를 으쓱하고 대답했다.

"어쨌든 그런 것 같지는 않아."

"알았어. 자, 이제 가자!"

둘은 거의 파쿠르를 하듯이 최대한 빨리 달려서 차량들을 통과하여 기차 끝 쪽으로 갔다.

교장실 차량에는 문이 하나밖에 없었다. 다니엘의 사무실로 이어지는 문이었다. 문에는 새와 산토끼, 그리고…… ─이번에도 함께였다─ 하얀 호랑이와 함께 있는 조지 스티븐슨을 묘사한 유리 모자이크가 장식되어 있었다. 호랑이 주변의 밝은색 유리 벽돌은 아주 흐릿해서, 저녁 햇살을 받는다기보다는 밀어내는 것 같았다.

"내가 망을 볼게."

카심이 페그스의 머리핀을 바지 주머니에서 꺼내어 자물쇠를 쑤시면서 말했다.

"단순한 기계식 자물쇠야. 예상했던 대로네."

그가 중얼거리고서 플린에게 약속했다.

"누가 오면 내가 이렇게 신호를 보낼게."

카심이 반짝이는 나무 문을 시험 삼아 두드렸다.

플린은 달리기와 흥분 때문에 심장이 두방망이질했다. 카심의 계획이 뭔지 이제야 깨달았다.

"나더러 여기 침입하라고?"

플린이 놀라 물었다. 이런 식이 되리라곤 상상도 하지 못했다.

"당연하지. 다니엘이 너를 초대하기라도 할 줄 알았어?"

얼마 지나지 않아 자물쇠에서 나지막하게 '딸깍' 소리가 났다.

"내가 일일이 확인했는데, 지금 모두가 식당차에 있어. 모두 우리를 봤지. 우리가 지금 옷을 갈아입으러 갔다고 생각할 거야. 이게 유일한 기회야. 지금 아니면 절대 없을 기회!"

카심이 이렇게 말하고 문을 살짝 열었다.

플린은 심호흡을 하고 문틈을 지나 다니엘의 사무실로 들어갔다. 문을 닫자마자 정적이 감돌았다. 세상에 혼자 있는 기분을 느끼게 하는, 방음 장치가 된 듯한 정적이었다. 주어진 5분은 이미 오래전에 지나간 것 같았다.

주위를 둘러봤다. 이곳은 카페나 교실 차량과 달리 우아하지 않았다. 모든 것이 오래되고 낡았는데, 그게 다른 차량의 분위기와 달리 마법처럼 보이는 게 아니라 그저 쇠락한 느낌이었다. 다니엘이 유리창에 붙어 담배를 피웠는지, 불에 탄 자국이 커튼에 남아 있었다. 비스듬하게 기울어진 책장에는 서류철과 정리되지 않은 서류, 《세상을 방랑하는 떠돌이의 의미》와 《움직이는 학교》, 《허깨비 공작들》과 같은 기이한 제목을 단 지저분한 책들이 넘쳐 났다. 방 전체에 잉크와 담배 연기 냄새가 풍겼다. 구석마다 가득 들어찬 고독한 기운에 플린은 목구멍이 불타는 듯했다. 이런 정신없는 공간에서 편지를 어떻게 찾을 수 있을까?

얇게 앉은 먼지가 오랫동안 손대지 않은 물건이 무엇인지 알려 줬다. 예를 들어 낡은 부메랑도 그중 하나였다. 부메랑에는 플린의 것과 똑같은 장식이 있었다. 이런 일이 어떻게 가능하지? 하지만 여기 있는 부메랑은 나뭇결을 따라 액체 금속이 흐르는 것처럼 금빛 줄이 반짝였다. 그 옆의 안내판에 이런 글이 쓰여 있었다.

마법 공학적 부메랑
국제 익스프레스 본부의 특별 허가를 받음
효력 : 맞은 사람을 몇 시간 동안 무력하게 만듦

플린은 화들짝 놀랐다. 구아르다 피오레가 체육 시간에 왜 나를 야단쳤는지 알겠군. 부메랑은 마법 공학적 무기였어! 어쨌든 여기 월드 익스프레스 안에서는 그래.

반짝이는 원통형 램프가 그 옆쪽 책상에 놓여 있었다. 이게 카심이 말했던 험프리 램프인가? 어떤 점에서 이 물건이 특별하다고 했는지 기억나지 않네.

온갖 공문서와 장난감 같은 마법용품들 틈에 편지는 없었다. 서랍을 급하게 열어 뒤져 봤지만 그곳에서도 찾지 못했다.

문 앞에서 나지막한 목소리가 들려왔다. 뭔가 두드리는 소리가 한 번 들렸지만 너무 작았으므로, 플린은 나뭇가지가 차량에 부딪히는 소리일 거라고 생각했다. 얼른 한 걸음 물러서다 책상 의자에 걸려 있던 다니엘의 재킷에 걸려서 비틀거렸다. 그 재킷에서 바스락거리는 소리가 들렸다. 편지구나!

플린은 재킷 주머니에서 편지 봉투와 자그마한 은빛 열쇠를 꺼냈다. 그 봉투에 쓰인 글씨는 분명히 엄마 글씨체였다. 그래, 내 생각이 맞았어!

편지 봉투를 살펴보니 이미 열려 있었다. 플린은 짜증을 내며 종이를 꺼내고, 빈 봉투는 주머니에 다시 넣었다.

그런 다음엔 열쇠를 들여다봤다. 자물쇠로 들어가는 부분에 새겨진 아주 작은 글씨들이 파르스름한 저녁 빛에 어스름하게 드러났다. '허깨비 공작들'이었다.

플린은 숨 쉬기를 잊어버린 채, 비스듬한 책장을 얼른 훑어봤다. 낡은 책들 가운데 한 권에 똑같은 말이 쓰여 있지 않았던가?

통로에서 목소리가 계속 들렸다. 플린은 모험을 하기로 마음먹었다. 위험이 다가오는 거라면 카심이 더 확실히 노크했겠지. 안 그래?

플린은 책장으로 다가가서, 《허깨비 공작들》을 다시 찾아서 폈다. 그런데…… 책이 아니었다! 귀중품을 보관하는 무거운 금속 상자였는데, 열쇠가 완벽하게 맞았다. 요란하게 딸깍 소리를 내며 뚜껑이 열렸다. 플린은 놀라서 상자를 떨어뜨렸다. 금속 상자는 아주 짧은 순간 허공에 멈춰 있는 듯하더니 둔탁한 소릴 내며 양탄자에 떨어졌다.

잿빛 종잇조각들이 마른 가을 낙엽처럼 쏟아져 내렸다.

플린은 심장을 팔딱거리며 바깥에 귀를 기울였다. 아무 소리도 들리지 않았다. 하지만 플린이 느끼기에는 고막 바로 아래에서 맥박이 뛰어, 다른 모든 소리를 뒤덮는 것만 같았다. 누르는 그 느낌을 없애기 위해서 침을 여러 번 삼키고 서둘러 종잇조각들을 모으려고 했다.

하지만 첫 번째 종이를 집어 들고는 바로 망설이기 시작했다. 가느다란 사각형 종잇조각이었는데, 검은 가루가 손바닥에 부서져

내릴 만큼 가장자리가 불에 그슬린 상태였다.

월드 익스프레스

그 종이에 빛바랜 글자가 쓰여 있었다.

헨리에타 히르쉬캄프

그 아래에 60년도 더 지난 승차 날짜가 따라왔다. 하차 날짜는 없었다. 그 날짜가 있어야 할 자리에는 누군가가 담뱃불로 누른 것처럼 불에 탄 자국밖에 없었다.

플린은 숨이 멎는 것 같았다. 이건 차표구나. 자습실 천장에 붙어 있던, 수천 장의 금빛과 청록색 차표들 같은 공작의 차표야.

속이 답답해진 플린은 그 차표를 내려놓고 다른 차표를 집었다. 이것 역시 잿빛이고 불에 그슬려 있었다.

힌리히 항크

"항크. 타임머신을 만들려던 남자아이."

플린이 중얼거렸다. 머릿속에 카심의 목소리가 메아리쳤다.

'사람들은 그를 다시는 못 봤어.'

플린은 다리를 후들거리며 상자 옆에 쪼그리고 앉아, 중요한 퍼즐을 맞추듯이 다음 차표를 집어 들었다. 모두가 잿빛이고, 그슬린 상태였다. 플린은 한때 기차에 있었지만 이제 없는 모든 사람들의 이름을 재빨리 훑어봤다.

그러다가 마음이 예상했던 이름을 손가락이 잡았다.

욘테 나이팅게일

평생처럼 길게 느껴지는 아주 짧은 순간, 시간이 멈추었다. 심장이 뛰지 않았다. 통로는 아주 조용했다. 객실 문 너머에서 세상이 끝난 것 같았다. 그러다가 곡선 구간에서 기차가 왼쪽으로 흔들리면서 플린은 다니엘의 책상에 부딪혔다. 먼지가 바닥으로 떨어지는 게 보이고, 선로 연결 부위들이 딸깍거리는 소리와 기관차가 길게 울리는 기적이 들렸다. 세상은 잔인한 영구 운동기관 같았다.

플린은 차표를 내려다봤다. 조심스러우면서도 단단하게 잡으려니 손가락에 경련이 일었다.

이 차표 때문에 모든 일이 시작됐어. 이 차표에 욘테 오빠는 모든 희망을 걸었던 거야. 그런데 이제 잿빛인데다가 불에 탄 냄새도 나네. 마치 오빠의 꿈이 모두 불에 타서 차가운 재로 변해 버린 것처럼. 이게 무슨 뜻일까?

한동안 공포가 몰아쳤다. 오빠는 퇴학당한 게 아니야. 그랬더라면 집으로 돌아왔을 테니까. 죽은 것도 아니지. 죽었다면 차표가 금빛일 테니까.

'오빠는 사라진 거야. 이 기차 안에서.'

사라진 사람은 욘테 오빠만이 아니야. 다니엘이 왜 이 사실을 감추려고 하지?

통로에서 문이 쾅 닫히는 소리가 들려왔다.

플린은 기계적으로 차표들을 다시 상자에 모았다. 욘테 오빠의

135

차표에서 잠시 손이 멎었다. 2년 전의 승차 날짜는 있지만, 하차 날짜는 없었다.

플린은 마음이 움직이는 대로 그 차표를 엄마의 편지가 있는 바지 주머니에 함께 넣었다.

그 다음에 손에 쥔 차표는 25년 전의 것이었고, 이런 이름이 적혀 있었다.

예티 플로레트

예티 플로레트. 그 이름이 플린의 기억에 새겨졌다. 기외변에서 들은 "예티, 가지 마."라는 말과 다니엘이 한 말 "페이, 이것 좀 처리해 주시겠어요?"가 머릿속에서 겹쳐졌다.

마담 플로레트의 이름이 페이라면, 예티 플로레트는 누굴까? 머릿속에서 이런저런 메아리가 울리는 바람에 플린은 제대로 생각을 할 수 없었다. 책 모양 상자를 덮고, 책등에 쓰인 '허깨비 공작들'이라는 길고 가느다란 글씨를 바라봤다.

허깨비는 그저 보이기만 할 뿐 실제로는 없는 존재잖아. 플린은 목에 걸린 덩어리를 삼키려고 애쓰며 몸을 일으켰다. 무릎이 아프고, 심장도 다리처럼 뻣뻣한 느낌이었다. 책을 원래 있던 자리에 꽂아 두고 열쇠도 다니엘의 재킷 주머니에 다시 넣었다.

문 앞의 통로는 수상쩍을 만큼 고요했다. 카심이 나지막하게 두드려서 소리를 냈던가? 5분은 이미 오래전에 지났을 텐데.

게다가 플린은 아직 옷을 갈아입지도, 보라색 파란색 금색이 뒤섞인 머리를 감지도 못했다. 문과 창문을 재빨리 살핀 다음, '철새'

셔츠를 벗어 뒤집어서 글자가 보이지 않게 했다. 셔츠를 다시 입는데, 문의 모자이크 유리 뒤쪽에서 그림자가 보였다. 안도의 한숨이 새어 나왔다. 카심이 아직 저기에 있구나. 다 잘 해결됐어.

플린은 편지를 바지 주머니에 집어넣었다. 제때 아주 딱 맞춰서 넣은 거였다. 플린이 문을 열었을 때, 거기 서 있는 사람은 카심이 아니라 다니엘이었으니까.

욘테와 예티

"어!"

플린과 다니엘이 동시에 말했다. 이날 이미 여러 번 인사했지만, 만날 때마다 늘 그러듯 다니엘은 "안녕."이라고 덧붙였다.

"내가 문을 잠그는 걸 또 잊었던가?"

"안녕하세요."

플린은 뻣뻣하게 굳은 채 대답했다.

"음, 예. 문이 열려 있었어요. 그래서 이상하게 생각되어서 살펴봤지요……."

플린은 다니엘 너머로 통로를 내다봤다. 카심은 그 어디에도 없었다.

다니엘이 플린 옆으로 들어와서 섰다. 아주 짧은 순간 그의 눈길이 재킷을 향했다가, 플린이 자기를 보는 걸 깨닫고는 순식간에 얼굴을 돌리고 이마를 찌푸리며 말했다.

"세심한 행동이구나. 그런데 마담 플로레트가 너를 기다리고 있어. 너희들 록밴드 팬 셔츠랑 이거……."

그가 플린의 머리카락을 가리키며 말을 이었다.

"이것 때문에. 카심을 방금 식당차로 보냈다. 그러니 마담 플로레트가 카심의 머리를 뜯어 버리기 전에 너도 얼른 뒤따라가렴."

다니엘은 윙크하며 말했지만 그다지 즐거운 표정은 아니었다.

플린은 알록달록한 머리카락을 훑어 내렸다. 목덜미에 얼마 남지 않은 밝은 갈색 머리카락이 바스락 소리를 내며 반짝이는 보라색으로 변하는 게 느껴졌다.

"예, 가요."

플린은 서둘러 차량을 빠져나왔다.

"그것 이상은 못 했나 보군요. 응?"

식당차에 도착한 플린에게 마담 플로레트가 말했다. 마담은 뒤집어 입은 플린의 티셔츠를 보고는 자포자기했다는 듯이 한숨을 내쉬었다. 카심도 똑같이 옷을 뒤집어 입고 있었다. 플린이 옆에 서자, 카심은 미안하다는 표정을 지었다.

"두 사람, 일요일 저녁은 도망갔어요."

마담 플로레트가 느릿하게 말했다. 카심은 우리 둘 중에 누가 마담의 문장을 교정해 줄까, 묻는 눈길로 플린을 흘낏 바라봤다.

하지만 마담 플로레트는 전혀 다른 생각에 잠긴 것 같았다. 저녁 하늘이 폭풍처럼 펼쳐지는 유리 천장을 올려다보며 뭔가 곰곰이 궁리했다. 하늘은 현실이라기에는 너무 극적으로 완벽해서 마치 연극 무대처럼 보였다.

"관리인 차량 컬리에게 가서, 모든 학생의 신발을 닦아요."

"'모든' 학생이라고요?"

카심이 새된 소리로 물었다.

플린은 그저 고개만 끄덕였다. 자기가 한 행동에 —그런 행동을 할 이유는 충분히 있었지만— 죄책감을 느꼈으니까.

마담 플로레트가 반짝이는 손목시계를 내려다봤다. 뭔가를 계산하는 모양인지 한참 있다가 말했다.

"아니. 학생 신발뿐 아니라, 직원들 것까지 다 닦아요."

컬리는 플린과 카심이 자기 차량에 앉아 있는 게 도무지 못마땅하다는 눈치를 또렷하게 드러냈다. 평소보다 더 많이 툴툴거리며 둘을 매의 눈으로 노려봤다.

플린과 카심이 말없이 구두를 차례로 닦고 구두약을 문지르는 동안, 월드 익스프레스의 작은 유리창 너머로 밤이 찾아왔다. 가느다란 초승달 달빛에 비친, 숲이 많은 바깥 경치는 원시 시대 같았다. 사람이 살지 않는 듯한 느낌을 주었다. 차량 내부에는 전등갓 없이 알만 있는 전구들이 깜박거렸다. 유령 같은 그 전등 빛에 비친 옷장과 선반장은 사람 키만 한 그림자 괴물들처럼 보였다. 머리 위에 걸린 젖은 빨래에서 불규칙하게 물방울 떨어지는 소리가 들렸다.

22시 정각에 컬리가 드디어 차량을 나서자 플린은 한숨을 내쉬며 일을 멈추고는, 손에 들린 크고 지저분한 부츠 한 켤레를 빤히 내려다봤다. 플린은 거친 마룻바닥, 건조기 겸용 세탁기와 카심 사이에 앉아 있었다. 그 신발은 기관사 가운데 한 명의 것이었는데, 검댕이 너무 많이 묻어서 진한 가죽에 새겨진 까마귀 모양이 거의 보이지 않을 지경이었다.

"우리가 구두 굽을 톱질해 버릴 수도 있을 텐데."

덜컹이는 바퀴 소리 사이로 카심이 말했다.

플린은 멍하니 시선을 들었다. 쭉 뻗고 앉은 발 앞에, 컬리가 공작들에게서 걷어온 신발이 50켤레도 넘게 쌓여 있었다. 학교 로고가 찍힌 청록색 컨버스, 낡은 발레리나 슈즈와 먼지가 잔뜩 낀 부츠가 많았고, 굽이 높은 가라비나의 구두도 최소 다섯 켤레는 보였다.

플린은 고개를 저었다.

"가라비나에게는 관심 없어."

그러고서 카심에게 다니엘의 사무실에서 본 허깨비 공작들의 차표에 대해 이야기했다.

말하는 동안 플린은 컬리의 책상 위쪽 액자에 들어 있는 흑백 사진을 우연히 바라봤다. 액자는 먼지가 잔뜩 끼었지만 그래도 젊은 여자의 얼굴이라는 건 알아볼 수 있었다. 호기심이 생겨 자리에서 일어나 소매로 액자의 먼지를 닦았다. 사진의 오른쪽 구석에 빛바랜 잉크로 '당신의 예티'라는 말이 쓰여 있었다.

플린은 놀라서 몸이 얼어붙었다. 이 이름을 또 보게 되다니!

"카심, 이것 좀 봐."

플린이 소곤거렸다.

차량의 불빛은 이미 어둑한 야간 조명으로 바뀌었다. 흐릿한 초록 불빛에 비친 카심은 반짝이는 파란색 머리카락 때문인지 램프의 요정처럼 보였다. 그가 사진 액자 쪽으로 몸을 굽히자, 자세히 살피는 그의 눈빛이 유리에 반사됐다.

"예티 플로레트."

그가 소리 내어 읽고는 놀란 얼굴로 덧붙였다.

"마담 플로레트가 젊었을 때 이런 모습이 아니었을까?"

둘은 이 사실을 도무지 이해할 수 없었다.

그러다 카심이 훨씬 더 현실적이고 다급한 일에 대해 말했다.

"예티가 누구든 간에…… 서두르지 않으면 페도르의 파쿠르 대결을 놓치겠다."

플린은 하마터면 검댕이 묻은 부츠를 떨어뜨릴 뻔했다. 머릿속이 너무 복잡해서 파쿠르 대결을 까맣게 잊고 있었다! 욘테의 목소리를 들었을 때는 오빠가 그립기만 했고, 먼지 묻은 잿빛 차표를 봤을 때는 경악했다. 플린은 자신의 모든 감정을 담기에는 너무 작은 차량에 누군가 자기를 가둔 것 같은 기분이었다.

플린은 엄마 편지를 꺼내려고 바지 주머니를 뒤졌다. 다급하게 필요한 힌트를 어쩌면 편지에서 찾을 수도 있으니까. 그런데 부드러운 편지지 가장자리나 불에 탄 차표가 아닌 차가운 금속이 손가락에 닿았다. 기외변이었다. 플린은 기외변을 작업대 위, 니퍼 크기의 공구와 '최고의 향기가 나는 헨리에타 빨래 세제' 사이에 내려놓았다. 기외변은 세제에서 올라오는 비눗방울보다 더 강렬한 빛을 내며 반짝였다. 이 물건으로 플린은 이제 기차에 없고, 과거에 불과한 욘테의 목소리를 들을 수 있었다.

옆에서 카심이 날카로운 목소리로 물었다.

"너, 이거 안 버렸어?"

플린이 고개를 들고 노려보자, 카심은 헛기침을 하더니 평소와 같은 평범한 목소리로 말을 이었다.

"내 말은……, 페그스가 좋아하지 않을 거라고."

플린은 그 말에 전혀 귀를 기울이지 않은 채 이마를 찌푸리며 중얼거렸다.

"허깨비 공작들의 차표는 몇 년이나 지났어. 그건 상당히 긴 시간이지……. 시간!"

이 깨달음이 찬물처럼 들이닥치자 플린은 눈을 크게 떴다.

"카심, 바로 이거야!"

카심이 미심쩍어하는 표정을 짓고 기외변을 빤히 쳐다보면서 퉁명스럽게 대꾸했다.

"이게 뭔지는 나도 알아."

플린은 고개를 젓고, 손바닥으로 작업대를 내리치며 외쳤다.

"우리가 왜 이 생각을 미처 못 했지?"

왜 이렇게 계속 눈이 멀어 있었을까!

"카심, 시간이야! 시간! 바로 그게 문제야!"

플린이 기외변을 가리키고 손을 휘저어서 눈 앞의 비눗방울을 시야에서 치웠다.

"스투레는 가라비나의 친구야. 가라비나는 뭘 연구하지?"

"시간이잖아. 그건 나도 알아. 그런데……."

카심은 그렇게 하면 이 상황을 더 잘 알아볼 수 있다는 듯이 눈을 꾹 감았다. 그러고는 기외변을 조심스럽게 두드리다가 "아!" 소리를 냈다.

"그러니까 네 말은…… 네가 이걸로 '과거의 소리'를 들었단 말 **143**

이야?"

플린이 고개를 끄덕였다. 플린이 이 기차에 탄 이후로 카심의 얼굴이 처음으로 창백해졌다. 반짝이는 녹청색 머리카락과 허연 얼굴이 대조를 이루어 기이해 보였다.

"하지만 가라비나와 스투레는 자기 자신을 위해 연구하는 게 아니라……."

"마담 플로레트를 위해서지. 맞아. 난 이제 그 이유도 알아."

플린이 그의 말을 받고는 예티 플로레트의 오래된 흑백사진을 가리켰다. 기외변으로 예티라는 그 이름을 들었고, 불에 탄 25년 전의 차표에서 그 이름을 봤다. 플린은 예티가 아마 마담 플로레트와 컬리와 같은 시기에 기차에 머물렀을 거라고 짐작했다.

이 모든 것이 우연일 리가 없었다. 정말 확실했다. 예티 플로레트는 마담 플로레트와 친척이었을 것이다. 그리고 예티 플로레트도 욘테 나이팅게일과 같은 일을 당했다. 이 기차 안에서 사라진 것이다.

"마담 플로레트가 그 두 아이에게 시간을 되돌리게 한 이유가 다 있었어."

플린이 심호흡을 하고 말했다. 불현듯 마음이 아플 만큼 마담 플로레트가 아주 가깝게 느껴졌다.

"마담 플로레트는 자매를 찾고 있는 거야. 아님 사촌이거나. 어쨌든…… 마담 플로레트와 이야기해 보자!"

플린은 컬리의 차량에서 축축하고 차가운 외부 승강단 쪽으로

뛰어나갔다.

"마담이 뭘 알고 있는지 물어봐야겠어. 마담은 욘테 오빠와 허깨비 공작들에 대해 그 누구보다도 잘 알 거야."

옆에서 달리던 카심이 플린의 어깨를 잡고 물었다.

"알면 뭐? 마담은 지금까지 너에게 아무 말도 하지 않았어. 그건 네가 끼어드는 걸 원하지 않았다는 뜻이잖아. 지금 네가 끼어든다면 마담이 어떻게 할 것 같아?"

그가 말을 멈췄다가 다시 이었다.

"플린, 솔직히 말해서 이 모든 게 생각했던 것보다 너무 위험해 보여. 페그스 말이 옳아!"

플린은 발걸음 속도를 늦추었다. 페그스가 고차원 마법 공학을 두려워하는 이유를 플린도 알았다. 하지만 이제 뭘 해야 할지 알 수가 없었다. 누군가에게 이야기를 해야 하는데, 도대체 누구에게?

하지만 그건 어차피 아무 상관도 없게 됐다. 둘이 처음 만난 사람은 마담 플로레트가 아니라 스투레였기 때문이다.

그는 공작 휴게실에 앉아, 파쿠르 대결은 까맣게 잊었다는 듯이 금속 마술 주사위를 던지고 있었다.

플린은 밤의 대결에서 스투레를 응원하려고 호기심 많은 공작들이 모여 있을 거라고 예상했다. 하지만 휴게실 안에는 유령 같은 정적뿐이었다. 부다페스트에서 보낸 시간이 학생들뿐만 아니라 익스프레스도 지치게 한 것 같았다. 기차는 전나무와 바위를 지나 헐떡거리며 힘겹게 언덕을 올라갔다. 들리는 거라곤 기차 스프링 장치가 끼익대는 소리와 폭풍이 유리창에 부딪치는 둔탁한 소리뿐이었다.

"스투레!"

플린 목소리가 차량에 울려 퍼졌다.

스투레는 그다지 관심이 없다는 표정으로 고개를 들었지만, 플린은 그의 밝은 눈동자가 흔들리는 걸 알아챘다.

"무슨 일이야?"

"그렇게 위선 떨지 마."

플린이 그의 코밑에 기외변을 들이밀며 물었다.

"마담 플로레트가 친척을 어떻게 다시 찾겠다는 거지? 혹시 여기 이걸로?"

스투레가 이맛살을 찌푸리며 되물었다.

"플린 나이팅게일, '마담 플로레트의 시간 계획'을 말하는 거야? 마담에게 했던 말을 너희에게도 해야겠네. 난 그 일에 전혀 관심 없어. 나는 불법적인 일은 하지 않아."

플린은 그의 말을 한마디도 믿지 않았다.

"'마담 플로레트의 시간 계획'이라니? 그게 정확하게 무슨 뜻이지? 마담이 뭘 계획한 거야?"

스투레는 흥미가 없다는 표시로 눈썹을 치켜세운 다음, 마술 주사위로 다시 눈길을 돌렸다. 일정하게 달그락거리는 주사위 소리에 플린은 정신이 돌 지경이었다.

"스투레!"

그가 짜증스러운 얼굴로 고개를 들었다.

"가라비나가 기차의 시간을 25년 전으로 되돌리겠다고 했어. 하지만 그건 불가능해. 아무도 할 수 없어."

시간을 되돌린다. 그 말이 얇은 옷에 얼음물을 끼얹은 것처럼 플린의 내부로 파고들었다. 너무 간단하게, 너무나 단순하게 들렸다. 아무도 실종되지 않았던 때로 시간을 돌리기만 하면 된다니. 마담은 허깨비 공작들을 다시 만날 가능성을 정말로 발견했다!

"내가 욘테 오빠를 다시 본다는 뜻이잖아."

상상만 해도 전기에 감전되는 것 같았다.

옆에 있던 카심이 놀라 헉 소리를 냈고, 스투레도 고개를 저었다.

"네가 누군가를 본다는 뜻이 아냐. 조지 스티븐슨에게 맹세코 아니지. 플린, 생각을 좀 해 봐! 25년이라니!"

스투레가 진노랑 바탕에 푸르스름한 플린의 눈동자를 들여다보며 말했다.

"그러면 우리가 더는 없어. 아니면 아직 없거나."

위협적인 정적이 세 사람 위에 내려앉았다. 월드 익스프레스는 이제 1,000미터 높이에 도달했다. 버둥대는 아이처럼 울부짖으며 차량을 두드려대는 맞바람을 약화시켜줄 나무나 바위는 하나도 없었다.

플린은 심장이 쪼그라드는 느낌이었다. 마담이 친척을 다시 만나려고 무슨 짓이든 할까? 우리 모두를…… '삭제'할까?

"언제야? 마담이 언제 시간을 되돌리지?"

플린이 속삭이듯 물었다.

스투레가 마술 주사위에서 고개도 들지 않은 채 경멸하듯이 코웃음을 치고 대꾸했다.

"그런 일은 없어. 마법 공학엔 희생물이 필요하고, 별들의 위치도 유리해야 하고, 또 어떻게 하는지 어차피 아무도 모르니까."

플린은 기외변을 스투레의 코밑에 더 바짝 들이대고 다급하게 말했다.

"시간을 '청각적으로' 되돌릴 수 있다면, '완벽하게' 되돌리는 것도 가능하겠지."

스투레는 플린의 손 위에 있는 기외변을 뚫어지게 노려봤다.

"그러니까 네 말은……."

입을 뗀 그의 목소리가 처음으로 불안하게 들렸다.

"그래! 스투레, 언제야? 마담이 언제 그렇게 할 예정이지?"

플린이 고함을 질렀다.

"이거 굉장하네."

스투레가 중얼거리더니, 플린의 손에서 기외변을 조심스럽게 집어 들었다.

"나는 그저 번역기를 만들려고 했던 거야. 마담 플로레트가 톱니바퀴를 좀 더 세게 당기라고 했어……. 아!"

그가 입을 다물었다가 뗐다.

"마담이 나를 속였구나!"

"속이기가 그다지 어려운 것 같지는 않네."

카심이 끼어들었다.

"객실로 가서 바지에 오줌을 지리는 게 어때? 이제 곧 파쿠르 대결을 해야 하잖아."

"내가 왜 그래야 하지?"

　　　스투레가 의아한 표정으로 물어보자 카심이 눈을 꾹 감았다가 뜨고 대답했다.

"거만함보다는 두려움이 너에게 어울리니까. 잠자리에 들기 전에 침대 아래를 살피는 사람이 누구지?"

카심이 스투레의 약점을 건드린 모양이었다. 스투레가 벌떡 일어나더니 쌀쌀맞게 말했다.

"가라비나가 이미 지난주에 파쿠르 대결을 고자질했어."

다시 정적이 찾아왔다. 그가 한 말이 불편한 진실처럼 허공에 떠있었다.

처음 반응을 보인 사람은 카심이었다.

"아니. 그랬다면 우리가 엄청나게 곤란한 일을 당했을 거야. 안 그래?"

그가 도움을 청하듯이 플린을 바라봤다.

"흠."

스투레가 고개를 들었다.

"곤란한 일을 당한 사람은 '나'야. 너희들, 혹시 내가 일요일 오전에 자발적으로 기차에 머물렀다고 생각해?"

플린은 입을 열었다 다시 닫았다. 도무지 이해할 수 없었다. 마담 플로레트가 대결에 대해 알았다면, 왜 세 사람을 벌하지 않았을까? 왜 페도르에게 해명을 요구하지 않았지?

혼란스러운 와중에 불현듯 말들이 초원을 지나는 것과 같은 요란한 소리가 울렸다. 짧지만 1, 2초쯤 벼락을 맞은 것처럼 귀가 먹먹했다. 그런 다음 쥐 죽은 듯한 정적이 찾아왔다.

플린은 요동치는 심장으로 카심의 얼굴을 바라보았다. 책에 쓰여 있던, '마법 공학은 희생물이 필요하다.'는 글이 머릿속에 다시 떠올랐다.

침을 꿀꺽 무겁게 삼켰다. 누군가가 죽어야 한다는 뜻인지도 몰라. 목숨이 위태로운 파쿠르 대결, 그리고 그 대결을 위해서 기차 지붕 위로 올라가는 남자아이보다 마담 플로레트에게 더 유리한 희생물이 또 있을까?

'언제'라는 질문은 이제 해결됐다.

더 빨리, 더 높이, 더 멀리

"기차 끝으로 가야 해. 얼른!"

말을 끝내기 무섭게 카심은 멍하니 있는 스투레를 휴게실에 혼자 남겨 두고 플린과 함께 차량을 나섰다.

발밑에서 선로 연결 부위가 달그락거리는 걸 느끼며, 그 둘은 연결 발판을 넘어 차량들을 달려 지나갔다.

첫 번째 침대차에 도착하니, 페그스가 입가에 묻은 치약을 가운 소매로 닦으면서 욕실에서 나오는 중이었다. 카심은 하마터면 페그스와 부딪칠 뻔했다. 제때 멈춰 설 수 없던 플린 때문에 세 사람 모두 바닥에 넘어졌다.

"마담 플로레트가……."

플린은 페그스가 묻기도 전에 말을 꺼내고서 몸을 추슬러 일어났다. 페그스는 가운 허리띠가 가라테 검은 띠라도 된다는 듯 단단히 잡아매고, 아무 말도 하지 않고 두 사람을 따라 전망대 차량으로 달렸다.

차량 바깥은 불편하고 거칠었다. 밤의 폭풍은 마치 가을을 쫓아내는 겨울처럼 차가웠다.

카심이 흔들리는 난간에 올라가, 삐걱대는 소리를 내며 두 사람에게 사다리를 내려 줬다. 플린은 사다리가 있다는 걸 어떻게 알았는지 물어볼 생각도 하지 않았다. 곧장 난간 너머로 몸을 숙이고 녹슨 금속 계단을 올라갔다.

선로 주변에는 나무가 많지 않았지만, 나뭇가지가 다가오는 바람에 플린은 두 번이나 몸을 숙여야 했다. 나뭇가지에 앉아 있던 까마귀들이 까옥거리며 날아갔다.

높이 올라갈수록 바람이 돌풍처럼 거세졌지만 지붕에 오르자마자 잠잠해졌다. 주변에는 아주 부드러운 미풍뿐이었다. 플린은 놀라서 눈을 꾹 감았다. 다른 차원으로 들어선 느낌이었다. 물속에 잠겨 있는 듯했고, 자기 숨소리가 지나치게 잘 들렸다.

"스티븐슨은 일종의 보호 장치를 만들었어. 기차를 에워싼 공기 주머니랑 비슷해."

페도르가 한 말이었다. 누군가 보호 장치를 작동한 모양이었다.

정말 그랬다. 발밑이 미끄럽지도 않았고 굵고 가는 나뭇가지들이 모두 옆으로 물러났으며, 연기는 거미줄처럼 섬세하고 부드러웠다. 아주 짧은 순간, 플린은 자신이 안전한 곳에 있다고 생각했다. 머리 위에서 돌풍이 몰아쳤지만 느끼지 못했다. 그 바람이 하늘의 수많은 별을 쓸어 버렸다고 해도 놀라지 않았을 것이다. 하지만 맑은 별들은 흠 하나 없이 푸르른 둥근 천장에 끝없이 넓게 펼쳐져 있었다.

"나이팅게일, 너 여기서 뭐 해?"

플린이 화들짝 놀라 몸을 돌렸다. 기차 제일 끝에, 떨어지기 직전 위치에 가라비나가 서 있었다. 머리카락을 하나로 묶고 안경을 코끝에 걸치고 있었다. 옆에 놓인 망원경을 지금 막 세운 모양이었다. 플린은 의아해서 물었다.

"왜 '네'가 여기 있어? 마담 플로레트가 아니라?"

옆에서 카심이 우아한 동작으로 지붕 위로 올라왔다. 페그스는 보이지 않았다. 혹시 도망친 걸까?

"쉿쉿!"

가라비나가 참새를 쫓듯 둘에게 손을 휘저으며 소리쳤다.

"이건 장난이 아니야. 너희는 다시 잠이나 자러 가!"

"네가 우리 모두를 몰살하는 동안, 잠이나 자라고?"

플린이 흥분해서 고함을 질렀다.

"가라비나, 너는 마담 플로레트의 앞잡이가 아니야. 그러니 아무 말도 듣지 마. 알았어?"

"아이고, 세상에."

가라비나는 학교에서 제일가는 멍청이 두 명을 본다는 듯한 표정을 지었다.

"너희는 아무것도 모르는구나. 그렇지? '내'가 마담에게 연구하자고 제안했고, '내'가 마법 공학 제품을 만들려고 했고, '내'가 시간을 뒤로 돌리려는 거야. 마담 플로레트는……"

가라비나가 경멸하듯 손을 내저었다.

"목적을 위한 수단에 불과해. 마담 플로레트는 희망을 줄 수 있는 사람을 원했어. 그래서 내게 필요한 모든 것을 제공했지. 돈과 시간, 금지된 문서, 밤에 여기 위에 있어도 된다는 허락 등 모든 것을. 내가 아니라면 마담 플로레트는 자기 동생을 다시 만날 기회가 전혀 없어."

플린에게 그 말은 바퀴가 덜컹이는 소리처럼 들렸다. 가라비나가 매일 밤 어디로 사라졌는지 이제야 깨달았다. 여기 위에서, 지붕에서 연구를 한 거였다. 마담 플로레트는 가라비나에게 그걸 허락해 주었을 뿐 아니라, 고마워하기까지 한 것이다.

"내가 말했잖아. 항크들은 선량한 사람이 아니라고."

카심이 중얼거렸다.

플린은 분노가 끓어올랐다.

"이해할 수 없어. 왜 이런 짓을 해? 마담이 너랑 아무 상관도 없다면서 왜 이런 연구를 하지?"

가라비나는 자랑스러울 때면 늘 그러듯이 머리카락을 쓸려고 손을 들어 올리며 반박했다.

"왜냐고? 하지 말아야 할 이유가 있나? 학문에서는 해야 할 이유를 묻지 않아. '더 빨리, 더 높이, 더 멀리'가 중요할 뿐, 의심과 고민은 의미가 없어. 이유를 찾는 사람은 하지 말아야 할 이유를 100가지쯤 찾아낼 뿐이야."

이해하지 못하겠다는 플린의 표정을 본 가라비나가 화를 내며 고함을 질렀다.

"나는 언젠가 이 세상을 바꿀 전제 조건을 모두 갖추고 있어! 식탁 예절을 배우거나 다니엘과 편지 쓰기에 대해 토론하는 게 나한테 무슨 도움이 되지?"

154 "흠."

카심이 가라비나에게 한 걸음 훌쩍 다가갔다.

"책임감을 갖는 건 도움이 되지 않을까? 네 말처럼 네가 천재라면, 책임도 많이 져야 하니까."

플린은 놀라서 카심을 바라봤다. 카심이 이렇게 어른스러운 말을 하기는 처음이었다.

"책임은 '내'가 지지요."

플린 등 뒤에서 싸늘한 목소리가 들려왔다.

경악한 플린의 몸이 전기 충격을 받은 것처럼 움찔하더니 움직이지 않았다. 옆에 있던 카심도 얼어붙었다.

"별들의 위치가 유리할 때 얼른 조정을 끝내요."

마담 플로레트가 가라비나에게 지시했다. 마담의 목소리는 떨렸지만, 곧 다가올 승리에 도취해 있었다.

가라비나는 곧장 망원경 버튼을 돌리고 별들을 향해 방향을 맞추기 시작했다.

'별들.' 플린은 영웅 교실에 왜 별자리들이 있는지, 그 별들이 왜 자기에게 경고를 보냈는지, 과거의 소리를 들었던 기외변을 스투레가 왜 그 별자리 아래에서 만들었는지 불현듯 깨달았다. 시간 되돌리기는 별의 도움을 받아야만 작동하는 거였구나!

지금 이 순간에 별들이 유리한 위치에 있는 모양이야…….

"가라비나, 바보 같은 짓 하지 마."

마담을 등 뒤에 둔 채로 플린이 말했다.

"너에게 미래가 없는데, 어떻게 위대한 미래를 꿈꾼다는 거야? 25년 전에 너는 태어나지도 않았어."

가라비나는 플린의 말을 듣지 않았다. 플린은 눈이 불타는 듯해서 꾹 감았다. 우리 모두는 마치 존재한 적도 없다는 듯이 이 세상에서 사라지고 말 거야. 늘 그렇듯이, 내가 제대로 된 말을 찾아내지 못해서.

"좋아!"

플린이 분노로 부글거리며 소리쳤다.

"좋다고! 네가 너 스스로를 삭제하는 거야 아무도 말릴 수는 없어. 하지만 어떻게 타인을 희생물로 요구할 수 있지?"

놀랍게도 가라비나가 행동을 멈췄다. 의심의 눈길이 플린을 지나서 마담 플로레트를 향했다.

"희생물이라고?"

가라비나의 질문에 마담이 흥분해서 고함을 질렀다.

"어서 계속해요!"

가라비나는 움직이지 않았다. 수많은 별을 머리 위에, 그리고 덜컹거리는 기차를 발아래에 둔 채 잎사귀 없는 나무들과 바위 한복판에 기묘한 정적의 순간이 찾아왔다. 이제 모든 것이 가라비나의 결정에 달려 있었다. 가라비나도 그걸 알았다.

"희생물이라니, 그게 무슨 뜻이지?"

가라비나는 재차 묻고는, 플린 뒤에 있는 마담 플로레트에게 시선을 던졌다.

"혹시 그래서 '그'를 데리고 온 거예요?"

머리끝부터 발끝까지 바늘로 찌르는 느낌이 플린을 스치고 지나갔다. 플린은 가라비나가 누구를 말하는지 깨달았다……

플린 옆에 있던 카심이 몸을 돌렸다가 놀라서 신음을 흘렸다. 드디어 플린도 몸을 돌렸다.

마담 플로레트가 나사바이스 같은 손가락으로 페도르의 목덜미를 움켜쥔 채, 다니엘의 마법 공학적 부메랑으로 페도르의 관자놀이를 누르고 있었다. 날카로운 부메랑이 그의 피부를 파고드는 게 보였다.

플린은 바짝 말라서 아플 지경인 입을 열어 소리쳤다.

"그를 놓아 줘요. 당장!"

페도르! 그가 지붕 위를 달리지 않기를 바랐는데, 모든 일이 잘 해결되길 바랐는데.

"가라비나, 어서 해요! 빨리!"

온갖 종류의 의혹을 차단하겠다는 듯이, 알이 굴곡진 거대한 가죽 보호안경이 마담의 코에 단단하게 걸쳐져 있었다. 옆은 볼 수 없었다. 두툼한 안경알에 밤하늘이 반사되어, 마담이 볼 수 있는 거라고는 그것뿐인 것 같았다.

익스프레스에서의 삶보다 더 거칠고 더 진실한 이 위쪽에서 가라비나의 오만한 얼굴이 처음으로 흔들렸다.

"나는 석탄 소년도, 거기에 더해 이 월드 익스프레스 전체도 죽이고 싶지 않아요. 그 이야기는 한마디도 하지 않았잖아요!"

가라비나의 목소리가 바람처럼 가냘프게 울렸다.

가라비나가 자기 말을 따르지 않아서 흥분한 마담 플로레트가 숨을 헐떡거리며 고함을 질렀다.

"24년 전 월드 익스프레스가 내 동생을 통째로 집어삼켰어요!

이 기차에 1년도 채 머물지 않았는데 사라져서 다시는 나타나지 않았다고요. 이 기차가 동생을 죽였어요! 익스프레스를 보호해 줄 이유가 없어요!"

월드 익스프레스가 암석층 사이의 급한 곡선 구간을 지날 때, 미끄러운 천장의 표면에서 플린이 위태롭게 흔들렸다. 카심이 플린의 팔꿈치를 잡고는 의미심장한 눈길로 바라봤다. 자기가 욘테 오빠를 찾듯 마담 플로레트가 동생을 애타게 찾고 있다는 플린의 깨달음 뒤편으로 주변 풍경이 숨어 버렸다.

'마담이 어떤 기분인지 나도 알아.'

플린이 생각에 잠겼다.

'우리 둘은 이곳에 있는 다른 누구보다도 비슷해.'

이 일을 끝낼 사람은 가라비나가 아니라 플린이었다.

"2년 전에 오빠가 월드 익스프레스 안에서 사라졌어요."

그래서 목소리를 높였다.

"오빠가 매일 보고 싶어요. 반쪽짜리 삶만 남은 것 같아요."

플린의 목소리가 꺾였다. 바퀴가 덜컥거리는 소리 때문에 마담 플로레트가 자기 목소리를 들었는지 어쩐지 알 수 없었다. 그때 마담이 흥분해서 소리쳤다.

"나도 알아요. 하지만 나이팅게일, 2년은 아주 가소로워요. '당신' 엄마가 아들을 잃고 미치기라도 했나요?"

"흠, 그게."

플린이 입을 열었지만 마담 플로레트는 대답에는 관심도 없이 계속 고함을 질렀다.

158

"그래서 '당신' 아버지가 그 이유로 엄마와 이혼이라도 했나요?"

마담 플로레트의 목소리는 보호막에 부딪쳐, 천둥이 수천 번 치듯 크게 메아리쳐 울렸다.

"그래서 예전에 전도유망하다는 평을 받은 '당신'이 마법 공학자가 되어 빛나는 경력을 쌓는 대신, 빌어먹을 17년 동안 무익하고 버릇없는 아이들을 가르치기라도 하나요?"

마담 플로레트는 스스로도 이 모든 걸 이해하지 못하겠다는 듯이 고개를 젓고서 말을 이었다.

"난 공작이 아니었어요. 구리 성에서 교육을 받은 후 오로지 동생 때문에 이곳 교사가 된 거지. 여기 사람들은 동생의 실종에 대해 해명하겠다는 헛된 약속을 하고선 아무것도 해 주지 않았어요! 나이팅게일, 아무것도 하지 않았다고요. 내 인생의 24년 동안!"

플린은 이제 마담 플로레트가 울음을 터뜨릴 거라고 예상했지만, 마담은 얼음처럼 차가운 표정으로 날카로운 부메랑 가장자리로 페도르의 머리를 더 세게 눌렀다. 페도르가 이를 악무는 모습이 플린의 눈에 들어왔다.

부메랑 나뭇결의 금빛 표시가 번쩍거리기 시작했다. 플린은 너무 환하게 번쩍이는 그 빛 때문에 눈을 감아야 했다.

"힌리히 항크의 기계가 폭발했을 때, 나는 예티를 찾는 데에 결코 공작을 끌어들이지 않겠다고 맹세했어요. 하지만 그래서 나에게 무슨 이로움이 있었죠? 전혀 없었어요!"

마담 플로레트가 날카롭게 외쳤다.

플린은 귀를 막고 싶었다. 마담의 말들이 너무 심하게 마음을 파고들어 두려울 정도였다. 마담 플로레트가 왜 저렇게 됐는지 이해할 수 있었다.

기차가 갑자기 속도를 내는 바람에 플린이 비틀거렸다. 월드 익스프레스가 거대하고 낡은 다리를 지나는 중이라는 것을 그제야 깨달았다. 기차가 구불구불 지나는 돌다리 양쪽 편에 밤하늘처럼 어두운 깊은 골짜기가 입을 벌리고 있었다.

플린의 시선이 앞쪽을 향했을 때, 보이는 거라고는 잿빛 산에 새까만 밤처럼 어둡게 뚫려 있는 터널뿐이었다. 몇 미터 앞, 기관차가 헉헉 내뿜는 연기 속에서 하얀 머리가 나타났다. 누군가가 고함을 질렀다.

"몸 숙여!"

기차 지붕 위의 보호막이 불현듯이 사라진 것처럼, 현기증을 일으키는 강한 소용돌이가 일어났다. 밤바람을 정면으로 맞은 플린이 비틀거렸다.

마담 플로레트도 균형을 잃고 긴장했다.

"가라비나, 얼른 해요. 어서!"

마담은 이런 말을 할 때면 늘 그렇듯 손뼉을 치려고 부메랑을 들었다. 아주 짧은 순간의 움직임이었지만 페도르는 순식간에 반응했다. 재빨리 몸을 비틀어 마담의 손아귀를 벗어난 것이다.

마담 플로레트가 날카로운 비명을 질렀다.

"안 돼!"

마담이 페도르에게 달려들었지만, 페도르가 마담의 손에서 부메랑을 쳐냈다. 부메랑은 새된 소리를 내며 반짝이는 충격파처럼 플린의 머리 바로 옆을 스쳐갔다.

아주 짧은 순간, 플린은 심장이 멎을 뻔했다. 자기를 향해 달려드는 페도르가 슬로 모션처럼 보였다. 그가 플린을 쓰러뜨렸다. 둘은 아주 천천히 몇 시간 동안이나 넘어지는 것 같았다.

플린의 턱이 금속 지붕에 세차게 부딪혔다. 심장이 두방망이질을 하는 바람에 플린은 숨을 헐떡였다. 먼지를 잔뜩 뒤집어쓴 페도르가 플린 위에 무겁게 엎드려 보호했다.

플린 옆에는 카심이 납작하게 엎드려 있었다. 그리고 1초도 지나지 않아 월드 익스프레스는 란트바서 다리에서 내려가 터널로 곧장 들어갔다.

밤의 끝

둔탁한 소리가 들린 후에 마담 플로레트가 사라졌다. 기차는 계속 터널을 달렸다. 벽에서 곰팡내가 났다. 플린은 얼굴에 떨어지는 물방울과 머리카락을 적시는 축축한 연기를 느낄 수 있었다. 페도르가 차갑고 미끄러운 지붕에 자기를 꾹 누르는 동안 플린은 눈을 감고 있었다.

몇 초 동안 주변에는 오로지 어둠과 기차가 일으키는 바람뿐이었다. 플린은 이 몇 초가 반평생처럼 느껴졌다.

그러다가 드디어 버스럭거리는 소리가 들리고, 나무와 바위들이 기차 옆에 다시 나타났다. 머리 위에 펼쳐진 생생한 별들을 보자 플린은 울부짖고 싶었다. 기차가 끼익 시끄러운 소리를 내면서 엄청난 충격과 함께 숲 한가운데에 멈춰 섰다. 플린은 놀라고 연기가 매워서 눈물을 흘렸다.

플린과 페도르와 카심은 지붕 위에서 1미터쯤 미끄러지다가 겨우 지붕 가장자리를 잡았다.

"너희들, 다 괜찮아?"

기차 앞쪽에서 소리가 들렸다. 플린이 힘겹게 고개를 들었다. 기관차 바로 위에서 페그스의 얼굴이 보였다. 페그스는 철마가 내뿜는 짙고 어두운 구름 연기에 휩싸여 기침을 했다.

"저 엄청난 천재!"

카심이 감동해서 소리치며 벌떡 일어났다. 페그스는 지붕으로 몸을 끌어올려, 수많은 차량을 지나서 카심을 향해 달려왔다.

그제야 플린은 페그스가 자기만 몸을 피해 도망친 게 아니라, 기관사에게 기차 지붕 위의 보호막을 제거해 달라고 부탁하러 갔다는 사실을 깨달았다. 그러지 않았더라면 무슨 일이 벌어졌을지 상상도 할 수 없었다.

플린은 간신히 몸을 추스르고서 기차 끝 쪽을 바라봤다. 가라비나가 망원경 옆에 꼼짝도 하지 않고 누워 있었다.

"쟤, 어떻게 된 거야?"

페도르가 통증으로 얼굴을 찡그리며 묻고는 팔을 짚고 힘겹게 일어섰다.

"혹시……?"

플린은 페도르가 말을 마치지 않고 입을 다물어서 다행이라고 생각했다. 세 사람은 기차 바퀴가 덜컹대는 소리가 없어지자 무척 유순해 보이는 기차 지붕을 걸어, 가라비나 옆에 쪼그리고 앉았다. 가라비나는 그저 꿈을 꾸는 듯이 눈을 감고 있었다.

플린은 조심스럽게 가라비나의 손목 맥박을 확인했다. '팔딱, 팔딱.' 플린의 몸에서 공포가 요동치듯, 가라비나의 피부 아래에서는 피가 흐르고 있었다.

"마담 플로레트의 부메랑에 맞았나 봐."

163

플린이 짐작하며, 다니엘 사무실에 있던 안내판을 떠올렸다.

"얘는 그저 마비됐을 뿐이야. 이 부메랑은 마법 공학 제품이지."

그 말에 잠시 아무도 입을 열지 않았다.

지난 몇 분 동안 일어난 사건들이 플린의 의식을 또렷하게 파고들었다. 페도르의 눈에도 충격이 묻어났다. 플린은 깊이 생각하지 않고 그의 몸에 팔을 감았다. 그는 검댕이 묻은 오른쪽 팔로 플린을 안았다. 왼팔은 통증 때문에 움직이지 못하는 것 같았다. 둘은 한동안 그렇게 선 채, 살아 있다는 느낌을 즐겼다.

플린은 검댕과 복숭아의 향기를 맡고, 자기 몸에 밀착된 따뜻한 몸과 그가 몸을 숙일 때 움직이는 근육을 느꼈다. 페도르의 심장도 플린만큼이나 빠르게 두방망이질했다.

"그런데…… 마담 플로레트는 어떻게 됐어?"

잠시 뒤에 페도르가 물었다. 플린이 고개를 들자 그의 숨결이 얼굴에 닿았다. 페도르는 마담 플로레트의 이름을 입에 올리는 걸 겁내는 듯이 말을 더듬었다.

플린은 망설이다가 페도르의 포옹에서 몸을 풀었다. 그들 뒤편, 암석에 뚫린 터널은 식탐이 한없이 많은 어두운 주둥이처럼 보였다. 너무 어두침침하고 무서워 보여서, 그 안에 뭐가 있는지 알아보기 힘들었다.

"우리가 마담을 찾아봐야 하나?"

카심이 페그스 손을 잡고 옆으로 다가와 묻자, 플린은 고개를 저으며 대답했다.

"내가 다니엘을 깨울게."

플린이 일어났다. 아래쪽 기차 안은 지금 취침 시간이고 모든 것이 평소와 똑같다고 상상하니 불안하면서도 한편으론 안심이 됐다. 플린의 삶은 하룻밤 동안 궤도를 벗어났지만 이 세상은 그렇지 않았다.

익스프레스는 밤새 서 있었다.

컬리가 가라비나를 살피고 페도르의 아픈 팔에 붕대를 감는 동안, 다니엘은 국제 익스프레스 본부에 무전으로 상황을 알렸다. 그러고는 나쁜 일이 일어나지 않아 무척 다행이라는 듯이 플린을 살짝 안은 다음, 형 다소와 체육 교사 구아르다 피오레와 함께 터널 저편으로 마담 플로레트를 찾으러 갔다.

기차 안은 이른 새벽까지 온통 흥분으로 가득했다. 교사들이 정신없이 통로를 뛰어다니며 공작들을 객실로 밀어 넣으려고 했지만, 학교 전체가 모두 잠에서 깨어나 돌아다니는 중이었다.

대부분의 공작들과 마찬가지로 플린도 통로 안에서 견디지 못하고 바깥 선로 가장자리에 서서, 다니엘의 손전등 불빛이 터널 속에서 점점 작아지는 모습을 지켜봤다. 불안했고, 자신이 마치 태엽 인형처럼 느껴졌다. 많은 생각이 머릿속을 너무 빨리 돌아다녀 현기증이 났다. 밤이 가시지 않은 어두운 나무에서 까마귀들이 고함을 질렀다.

플린은 컬리가 자기를 다시 기차 안으로, 식당차로 데리고 가는 것도 거의 느끼지 못했다. 카심과 페그스와 페도르는 이미 식탁에 앉아서, 김이 오르는 굴라시 그릇 위로 얼굴을 숙이고 있었다. 페도

165

르는 왼팔에 멜빵 붕대를 걸었고, 머리에도 붕대를 감은 상태였다. 그의 어깨는 굽었지만 마음이 가벼워서 그런지 얼굴에 빛이 났다. 그에 비해 페그스와 카심은 헝클어진 차림새였고 피곤해 보였다.

'영웅들의 얼굴이야.'

플린이 생각했다.

플린은 무거운 몸으로 페그스 옆에 앉았다가, 누군가가 자기 코 밑에도 수프 한 그릇을 놓아줄 때에야 고개를 들었다. 원래 피부색을 알 수 없을 만큼 얼굴에 검댕이 많이 묻고 헝클어진 금발을 한 키 작은 남자였다. 페도르의 특징인 화난 표정을 그도 짓고 있었다. 그런데도 플린이 이 남자가 두 번째 기관사라는 걸 알아채기까지는 시간이 조금 걸렸다.

"부탁 좀 하자. 앞으로 그렇게 흥분하는 일은 시키지 말아 주렴."

그가 이렇게 말하고서 페그스에게 슬쩍 눈짓을 했다.

플린이 뭔가 변명을 하려고 입을 떼자, 그가 고개를 젓고서 청록색 모자에 손을 올렸다.

"스티븐슨 만세, 우리 석탄 소년이 무사해서 다행이야. 얘가 없다면 난 도무지 뭘 어떻게 해야 할지 모를 테니까."

기관사가 통로를 따라 멀어지는 동안, 플린은 페도르가 놀란 표정을 지었다가 곧 눈길을 따뜻하게 반짝이는 걸 보고 나지막하게 말했다.

"나도 몰라."

플린은 페도르가 무사하다는 사실이 너무나 기뻐서 몸이 다 아플 지경이었다.

페도르는 잠깐 망설이다가 지친 얼굴에 환한 미소를 지었다. 페도르의 어두운 눈동자가 자기를 향하자 플린은 얼굴이 달아올랐다. 그래서 얼른 수프 그릇으로 고개를 내리고 웅얼거렸다.

"고마워. 너희 모두."

"별말씀을."

카심이 이렇게 대답하고서 조금 전에 기관사가 그랬듯 이마에 손을 올려 인사했다.

"플린 나이팅게일, 이 세상 끝까지 가서 도와줄게."

플린 얼굴에 미소가 스쳤다. 고개를 들지 않아도 다른 아이들 역시 미소를 짓는다는 걸 알 수 있었다.

페그스는 처음으로 음식에 대한 불평을 하지 않았다. 며칠 내내 굶은 것처럼 먹더니, 긴 의자에 몸을 말고 누워 잠이 들었다. 머리 위쪽 유리 천장 너머에서 별들이 다이아몬드처럼 반짝였다.

플린은 나지막하게 소곤거리는 소리와 수저가 달그락거리는 소리에 잠이 깼다. 눈을 비비고 몸을 일으켰다. 넓은 창문으로 밝은 아침 햇살이 들어와 잠이 덜 깬 공작들의 얼굴을 비췄다. 식당차에 흩어져서 아침 식사를 하는 사람은 열 명쯤이었다.

플린은 일상적인 수다 소리, 올리버 스톱스가 잼 병을 열 때 '뻥' 하고 들리는 둔탁한 소리, 잼이 튀어서 얼굴에 묻었을 때 아이들이 크게 웃는 소리를 맘껏 빨아들였다. 이른 아침부터 백개먼 게임을 하는 소리와 라헨스나프 발포 분말 청량제를 물에 넣었을 때 나는 쉬익 소리도 들렸다.

현실이 아닌 것처럼 멋진 짧은 한순간, 플린은 이곳에서 열흘 전 잠이 들었다가 지금 깨어난 것 같은 기분을 느끼고는, 기차에서 지내는 삶이 아주 평범하고 단순할 수도 있음을 깨달았다.

"아마도 언젠가는."

카심이 마치 플린의 생각을 읽었다는 듯이 말했다.

"아마도 언젠가는 라테피가 아침 식사로 수프도 요리할 거야. 음, 좋다!"

카심은 음식이 가득 담긴 접시 두 개를 식탁에 내려놓고, 옆에서 몸을 돌돌 말고 누워 뭔가 잠꼬대를 하는 페그스를 내려다봤다. 머리핀이 흘러 내려와 있었다. 플린은 페그스가 나중에 거울을 보고서 자기 모습에 어떻게 반응할지 궁금했다.

"너, 햄 오믈렛 싫어해?"

카심이 중앙 통로로 나가는 플린에게 물었다. 그가 플린에게 접시 하나를 밀어 줬다.

플린은 윙크를 하며 대답했다.

"아마도 언젠가는 좋아하겠지."

지금 플린에게 필요한 것은 아침 식사가 아니라 대답이었다.

교장실로 가면서 플린은 직원 라운지 차량을 지났다. 양호실 문이 열려 있었다. 스투레 아노이와 컬리가 여전히 의식 없이 침대에 누워 있는 가라비나 옆에서 나지막하게 이야기를 나누는 중이었다. 플린을 본 스투레가 뭔가를 말하려고 입을 열었다가 그냥 더듬거리기만 했다.

플린은 아무 말도 하지 않고 잠시 기다리다 컬리에게 말했다.

"당신 차량에 예티 플로레트의 사진이 걸려 있더군요."

컬리가 불만스럽고 피곤한 표정으로 크게 소리쳤다.

"나는 마담 플로레트의 계획이 뭔지 몰랐다! 예티는 당시에 나랑 펜팔 친구였어. 그뿐이야."

그는 플린이 자기 말을 믿는 게 중요하다는 인상을 풍겼다. 하지만 아무리 노력해도 플린은 그를 믿을 수 없었다. 대답을 얻지 못한 의문이 너무나 많았다.

컬리의 말은, 그 역시 월드 익스프레스 학생이 아니었다는 뜻일까? 컬리도 마담 플로레트처럼 그저 예티를 찾으려고 기차에 오른 걸까?

컬리에게 이 모든 질문을 하고 싶었지만, 둘 사이에는 말하지 않은 것들이 너무 많아서 무슨 말부터 해야 할지 알 수 없었다.

플린은 스투레가 한참이나 자기를 바라보다가 굳은 표정으로 얼굴을 돌리는 모습을 곁눈질로 지켜봤다.

그 다음 차량인 교장실 문도 살짝 열려 있었다.

"아, 그리고 하나 더."

교장실을 막 나서는 페도르의 등 뒤에서 다니엘의 목소리가 울렸다.

"너 기차 지붕에는 도대체 왜 올라갔니?"

플린은 깜짝 놀라서 눈을 크게 떴다. 페도르는 오랜만에 최고의 아침을 맞긴 했지만 다니엘에게 지붕에 올라간 걸 들켜서 인상을 썼다.

"다니엘, 그거 아시나요? 석탄 소년은 어디에서든 할 일이 있답니다. 정말 어디에서든."

페도르가 문을 닫고 손을 들어 올렸다.

"다쳤잖아."

플린에게 설명하고 통증으로 얼굴을 찌푸리며 히죽 웃었다.

"며칠은 쉴 수 있어."

페도르의 눈길이 헝클어진 플린의 차림새에 머물렀다.

"오늘 저녁에 창고에서 생강 스나프 한 캔 하는 거 어때?"

플린은 기뻐서 얼굴이 달아올랐다. 이따금씩 정말 모든 것이 지극히 평범하고 간단하게 보였다. 플린이 바로 대답하지 않자 페도르는 불안해진 모양이었다.

"아니면 내일? 아니면…… 흠."

그가 입을 다물었다가 덧붙였다.

"같이 마실 마음이 전혀 없어?"

플린은 터져 나오는 웃음을 꾹 참고 용기를 내어 물었다.

"그러니까, 일종의 데이트 같은 거야?"

솔직히 말해서 이제는 이런 생각이 마음에 들었다.

페도르가 오른쪽 어깨를 으쓱 들어 올리고 동의했다.

"일종의 그런 거. 네가 그렇게 부르고 싶다면."

플린이 고개를 끄덕였다. 살면서 이렇게 확실한 감정을 느낀 적은 무척 드물었다.

"오늘 저녁에 만나."

이렇게 말하고 다니엘의 사무실로 들어섰다.

공식적으로 처음 이 방에 들어오니 기분이 묘했다. 서두르지 않고 천천히 둘러보다가, 전에는 부메랑이 있었지만 지금은 텅 빈 자리에서 눈길이 멎었다. 플린은 침을 꿀꺽 삼키고 물었다.

"마담 플로레트는 어떻게 됐나요? 찾아내셨어요?"

다니엘이 한숨을 내쉬었다.

"아니."

그 말에는 지난밤의 피로와 걱정이 모두 들어 있었다.

"익스프레스 본부 직원들이 현장에서 란트바서 다리 아래의 계곡을 수색 중이야."

그가 고개를 들고 플린을 바라봤다.

"마담이 만약 그 아래로 떨어졌다면, 그게 어떤 결과일지는 말하지 않아도 알겠지?"

플린은 배가 꼬이는 느낌이 들어 되물었다.

"만약이라고요?"

"그래, 만약."

다니엘이 서류 뭉치를 옆으로 밀고 책상에 기댔다.

"본부가 뭘 찾아낼지 기다려야 해."

그가 심호흡을 하고 빗질하지 않은 머리를 손가락으로 훑었다.

"세상에, 나는 마담이 그런 일을 하리라고는 상상도 못 했다. 가라비나도 그렇고! 천문학 연구를 한다기에 기차 지붕에 올라가도 좋다고 내가 직접 허락했어. 이럴 줄은 정말 예상도⋯⋯."

그가 창백해진 얼굴을 손으로 가렸다. 이렇게 하면 부메랑이 자기 자리에 없다는 사실을 잠깐이라도 잊을 수 있다는 듯이.

"가라비나를 퇴학시키실 건가요?"

플린이 조심스럽게 물었다. 가라비나에게 연민을 느끼지는 않았지만, 퇴학도 어딘지 마음에 들지 않았다.

다니엘은 플린의 눈길을 피하며 대답했다.

"가라비나가 의식을 회복하는 대로 국제 익스프레스 본부에서 회의가 열릴 거야. 가라비나가 어떤 처벌을 받게 될지 거기서 결정하게 되지."

플린은 다니엘이 이 주제와 관련해서 일부러 무척 중립적인 태도를 보인다는 의심이 들었다. 하지만 플린이 고민하는 문제는 어차피 그게 아니었다. 플린은 침울한 표정을 짓고서, 양탄자의 불탄 자국을 문지르고 있는 자신의 부츠를 내려다보다가 나지막하게 말했다.

"가라비나에게는 전혀 관심 없지만, 마담 플로레트는 이해할 수 있어요."

다니엘이 화들짝 놀랐다.

"뭐라고?"

놀란 그의 눈을 보자 플린은 팔짱을 끼고 싶은 충동을 느꼈지만 그대로 팔을 늘어뜨렸다. 이제 팔을 어디에 두어야 할지 어색해졌다. 당황해서 바지 주머니에 손을 넣었다가 욘테가 보낸 엽서의 부드러운 가장자리에 손가락이 닿았다.

"마담 플로레트가 행한 그 방법에는 동의하지 않지만, 마담의 그리움은 이해해요."

불안해하는 영혼의 일부가 플린의 마음속 깊이 숨어 있다가 당혹스럽게 자문했다. 나도 마담 플로레트처럼 끝날까. 오늘은 아니지만 어쩌면 10년쯤 뒤에.

플린은 욘테의 엽서를 엄지와 검지로 잡고서, 매끄러운 면과 거친 면을 동시에 느끼며 물었다.

"마담 플로레트의 동생 예티 플로레트는 어떻게 된 거예요? 알고 계시죠, 안 그래요?"

다니엘이 깊은 한숨을 내쉬고 책상에서 몸을 떼었다.

"아니, 모른다."

플린은 당황해서 그를 빤히 쏘아봤다.

"마담 플로레트에게 동생의 실종을 밝혀 주겠다고 약속하셨잖아요. 아니에요?"

"아니, 플린. 그것도 아니야."

실망과 분노가 몰아쳤다. 다니엘은 진실을 말해 주기엔 내가 너무 어리거나 멍청하다고 생각하는 건가? 플린은 참지 못하고 말을 터뜨려 버렸다.

"나는 허깨비 공작들에 대해 알고 있어요. 아시겠어요? 잿빛 차표들을 숨겨 두신 걸 안다고요!"

플린은 불에 그슬린 욘테의 차표를 바지 주머니에서 꺼내서, 다니엘의 책상에 쾅 소리 나게 내려놓았다. 그러고는 자신의 경솔한 행동을 곧장 후회했다. 불에 탄 차표에서 검은 부스러기가 떨어져 바닥으로 흩날렸다.

다니엘은 이 폭로에 그저 살짝만 놀란 듯했다. 그래서 플린은 더욱 화가 났다.

173

"욘테 오빠에게 무슨 일이 일어났는지 말해 주세요!"

플린은 심장이 두방망이질했지만, 기이하게도 강박을 극복한 해방감을 느끼기도 했다.

다니엘은 지금 익스프레스가 지나가고 있는, 추수가 끝난 밝은 들판으로 나가고 싶은 마음이 간절하단 표정을 지었다. 플린은 다니엘이 자기를 사무실에서 그냥 쫓아낼 수도 있단 걸 깨달았다.

"욘테 나이팅게일……."

그가 나지막하게 말하며 눈을 가리는 머리카락을 걷어 냈다.

"네 오빠는 움살라를 지나고 며칠 지난 후에 사라졌어. 나는 그런 일이 벌어지리라고는 상상도 못했다……. 학생이 하룻밤 사이에 사라져서 찾을 수 없다니. 기차가 멈추지도 않았는데."

플린이 이맛살을 찌푸렸다.

"그런 일이 벌어진다는 걸 아셨어야 할 텐데요. 욘테 오빠는 첫 번째 실종자가 아니잖아요."

"하지만 내가 취임한 이후로는 처음이었지."

다니엘이 창밖을 바라보며 대답했다. 그렇게 하면 먼지가 낀 유리창 너머로 자기 과거의 그림자를 볼 수 있다는 듯이 그는 눈썹을 치켜세웠다.

"내 전임자인 파우스토 마라가 물론 나에게 경고했다. 그가 교장일 때 벌어진 힌리히 항크, 리코 아리고스, 예티 플로레트의 사건을 말이야. 하지만 취임할 때 나는 젊어서 그가 농담을 하는 거라고 생각했지. 마담 플로레트가 이야기를 하고 나서야 나는 사태의 심각성을 깨달았고, 허깨비 공작들의 사건을 얼른 해결해서 내 전임자가 마담 플로레트에게 했던 약속을 지키기로 결심했어."

"그래서요? 지키지 못했나 보죠?"

플린이 무뚝뚝하게 묻자 다니엘은 이맛살을 찌푸렸다.

"네 말이 맞아. 실패했지. 네 오빠 일은 유감이다. 누군가를 잃는 다는 게 어떤 느낌인지 나도 알아."

"난 아무도 잃지 않았어요!"

플린은 지난 2년 동안 바로 그 감정을 느꼈으면서도 다급하게 이렇게 대꾸했다.

"욘테 오빠를 찾기 위해 뭔가 하셔야 해요."

다니엘은 플린을 보지 않았다. 절망적인 침묵이 두 사람 위에 드리웠다. 플린은 정신없이 생각해 보다 끔찍한 깨달음을 얻었다.

"이제야 알겠어요. 학교를 닫아야 하는군요."

플린이 천천히 말했다.

"실종 이유를 찾아내지 못하면 말이에요. 안 그랬다가는 매일 밤 다시 일어날 수도 있는 일이니까요. 그렇죠?"

다니엘이 입술을 앙다물었다가 대답했다.

"내가 익스프레스 본부에도 그 말을 했다. 하지만 그렇게 되면 공작들의 향후 거처가 문제로 남아. 공작들 중 절반은 돌아갈 확실한 집이 없어."

그가 결심한 듯 고개를 저었다.

"안 되지. 이제 더는 허깨비 공작이 생기지 않을 거라고 네게 약속하마. 기차는 지속적으로 보호를 받고 있어. 여러 조치를 했지. '아우덴티스 포르투나 유바트.' 무슨 뜻인지 아니?"

그러고는 바로 덧붙여 대답했다.

"행운은 용감한 자를 돕는다. 월드 익스프레스의 학교 좌우명이란다. 나는 그걸 믿어."

플린은 콧방귀를 꾹 누르며 참고 물었다.

"욘테 오빠는 어떻게 하실 건가요?"

"우리가 할 수 있는 모든 일을 할 거야. 나를 믿으렴."

하지만 아무리 애를 써도 플린은 그를 믿을 수 없었다.

플린은 이 세상에 혼자인 듯한 기분을 느끼며 다니엘의 사무실을 나와서 도서관으로 갔다. 지금 필요한 건 자기만큼 욘테를 그리워하는 누군가였다. 그 사람을 직접 만날 수는 없고, 그저 종이에 쓰인 말을 읽을 수밖에 없지만.

이상한 편지

도서관 차량 유리창 너머로 펼쳐지는 드넓은 들판이 플린의 마음을 옥죄어 오며 집을 떠오르게 했다. 집이 아니었던 집을. 엄마의 피로함이 눈앞에 보이는 듯하고, 묵은 빵맛이 혀끝에서 느껴지는 것 같았다. 이제 얼마 안 있으면 바이덴보르스텔로 돌아가겠구나. 나를 이해하는 사람이 아무도 없는 곳, 나와 함께 욘테 오빠를 찾을 사람도 없는 곳으로. 그곳에는 페그스도, 카심도 없어. 페도르는 말할 것도 없고.

어쨌든 그래도 엄마는 나처럼 누군가를 그리워한다는 게 무슨 뜻인지 알아.

플린은 한숨을 내쉬고 바지 주머니에서 엄마의 편지를 드디어 꺼냈다. 그 편지는 지난밤 소동 때문에 잔뜩 구겨져 있었고, 그러지 않아도 삐뚤삐뚤한 엄마의 글씨가 더욱 쭈그러져 보였다. 편지지를 반듯하게 펴고 읽기 시작했다.

……떠났어. 기억나? 지금 와서 이런 일이 어떻게 일어날 수 있는지 이해가 안 가네! 당신이 도대체 누구라고 생각하는 거야?

177

온 세상의 교장? 그 웃기는 기차를 진두지휘한단 이유만으로? 플린은 그 기차를 타면 안 돼. 당신이 무슨 짓을 하든지 절대 안 돼! 당신은 플린 양육권조차 없잖아!

플린은 어리둥절해서 읽기를 멈췄다. 편지 첫 부분이 없네. 게다가 나에게가 아니라 다니엘에게 쓴 거야! 그리고 뭔가…… 이상해. 플린은 첫 문단을 다시 한번 훑어봤다. 엄마가 다니엘에게 왜 반말을 하지?

플린은 화요일에 꼭 돌아와야 해! 욘테는 어떻게 되었지? 당신이 그 일을 해결할 거라고 믿었는데.

　- 잉가

편지는 인사도 없이 그냥 불쑥 끝났다. 엄마와 다니엘이 아주 잘 아는 사이라서 작별 인사와 같은 격식은 건너뛰어도 된다는 것처럼. 마법 기숙학교 기차가 자식 둘을 태우고 갔는데, 엄마는 이미 그 사실을 알고 있는 것 같네! 전혀 놀라지 않았나 봐.

엄마는 편지 끝에 이름만 썼을 뿐 성은 쓰지 않았다. 플린은 손에 쥔 편지를 몇 분 동안이나 노려봤다. 창틀 아래 안내판이 '바젤'로 바뀌느라고 다르륵거리는 소리, 지도에서 파도와 모래언덕이 내는 쏴쏴 소리, 익스프레스가 곡선 구간을 지날 때에 책들이 바스락거리는 소리가 들려왔다.

떠났어…… 양육권……. 그러다가 플린은 불현듯 깨달았다. 비밀이 하나 더 있었다. 욘테와는 관계없는 또 다른 비밀이.

눈앞에서 퍼즐 조각들이 모두 맞춰졌다. 형제들과 전혀 닮지 않은 외모. 다니엘이 자기 성을 처음 듣던 순간. 차를 마시자고 초대한 일. 그리고 다니엘이 편지를 보여 주지 않으려던 일.

창문 앞 선반에 갓 인쇄한 〈익스프레스-익스프레스〉 한 부가 놓여 있었다. 머리기사 표제는 다음과 같았다.

플린 나이팅게일이 차표도 없이
기차에 2주 동안 머물 수 있는 이유

기사를 읽을 필요도 없었다. 읽지 않아도 이제는 그 이유를 알게 됐으니까.

수업은 휴강이었다. 플린은 공회전하듯이 하루를 보내고서, 저녁 식사(메뉴는 흰 빵과 햄 완자 수프였다. 유감스럽게도 특별한 상황이라고 저절로 특식이 나오는 건 아니었다.)를 마친 후에 다시 한번 교장실로 갔다.

플린은 차량 바깥에서 들어갈까 말까 망설였다. 막 돌아서려는데, 맞은편 승강단에 호랑이가 나타났다. 가을이 공중에 떠도는 거미줄을 들판으로 날리듯, 바람이 호랑이의 털에서 안개를 뽑아냈다. 호랑이가 불현듯 너무 평화롭고 아름다워 보여서 플린은 용기를 내어 물었다.

"어떻게 생각해? 들어가는 게 나을까?"

호랑이는 아주 불필요한 질문이라는 듯이 콧방귀를 뀌었다. 그 바람에 호랑이는 윤곽이 더욱 흐려졌다.

"멍청한 질문이지. 맞아."

플린은 바람에 풀어지는 물거품처럼 호랑이가 사라지자 눈을 깜박였다. 그리고는 기름과 연기 냄새를 여전히 풍기는 이곳 차량 두 칸 사이에서 차가운 바람을 들이마시고 나서 교장실 차량에 들어섰다.

다니엘은 책상에 앉아서 이마를 찌푸린 채 책장을 넘기고 있었다. 플린은 다니엘이 미처 아는 체하기도 전에 편지를 들어 올리고 말했다.

"첫 장은 아쉽게도 잃어버린 것 같아요."

플린이 등 뒤로 문을 닫았다.

그는 책에서 시선을 들고 플린 손에 들린 편지를 바라봤다.

"하지만 사랑 놀음 말고 별다른 내용은 없었겠죠."

다니엘은 2, 3초 지나서야 반응을 보였다. 한숨을 내쉰 다음, 맞은편에 자리를 권하고서 말했다.

"그 사랑 놀음이라는 건 거의 14년 전 일이야."

"알아요."

플린은 마지못해 앉았다. 대화를 나눌 의무가 없다는 듯이 서 있고 싶었지만, 다니엘이 누구인지 알고 나니 좋은 인상을 주고 싶다는 욕구가 강하게 밀려왔다.

"우린 역에서 알게 됐어."

다니엘이 말을 이었다.

"네 엄마와 나 말이야. 잉가는 그때 경찰이었고……."

"엄마가 뭐였다고요?"

플린은 엄마가 언젠가 일을 한 적이 있었는지, 했다면 어떤 일을 했는지 생각해본 적이 없었다. 기억이 미치는 한 엄마는 언제나 삶에 지쳐 비통한 상태였고 일할 능력이 없었다.

다니엘은 그 추억을 떠올리고 웃음을 터뜨렸다.

"경찰이었지. 잉가가 밤에 역 벤치에서 날 잡는 바람에 우린 드잡이를 하게 됐어."

갈수록 태산이네. 플린의 놀란 얼굴을 본 다니엘은 다급하게 손을 내저었다.

"난 그냥…… 방황하던 중이었어. 그때 형 다소는 내 도움이 필요했지. 우리는, 그러니까 네 엄마와 나는……."

그가 헛기침을 하고 말을 이었다.

"우리는 인생관이 달랐단다……. 그랬어."

그러고는 할 말을 다했다는 표정을 지었다.

"내가 있다는 건 아셨나요?"

다니엘은 고개를 저었다. 말하기 불편한 주제인 듯했다.

"욘테 오빠가 이 기차를 탔을 때, 당신을 알아보던가요?"

플린이 또 묻자 다니엘은 재차 고개를 저었다.

"나는 말하지 않는 게 좋다고 판단했다. 난 욘테의 아버지가 아니니까. 그리고 네 엄마를 만나던 시절에 나는 욘테를 한 번밖에 못 만났어. 그때 너희 할머니가 욘테를 돌보고 있었지. 네 엄마는 욘테를 신처럼 떠받들었지만…… 할 일이 많았어."

'엄마가 욘테 오빠를 신처럼 떠받들었다고?'

플린이 기억하는 한 욘테 오빠는 형제자매들 중 가장 욕을 많이 먹고, 외출금지 처벌을 가장 많이 받고, 자유를 가장 적게 누린 사람이었다.

"이해해요."

플린은 진짜 '이해'한다기보다는 그저 '듣기'만 했지만 대답은 이렇게 했다. 셔츠를 만지작거리고 있다가, 하루 종일 생각했던 말이 터져 나왔다.

"난 아버지가 없어요. 13년이 지난 후에 그냥 이러긴 싫어요. 당신을 아빠라거나 뭐 그렇게 부르지는 않을 거예요."

플린은 다니엘이 그 말에 상처를 받든 말든 상관없었다. 그게 사실이었으니까.

놀랍게도 다니엘은 "알았다."라고만 했다. 그러고는 또 다른 지시사항을 기다린다는 듯이 플린을 바라봤다.

"알았다고요?"

그의 손이 담뱃갑으로 향했다. 플린은 자기가 다니엘의 마음을 다치게 했다고 확신했지만, 그는 찬성한다고 고개를 끄덕였다.

"그게 옳다고."

그가 몸을 앞으로 굽히고 플린을 바라봤다.

"플린, 나는 너에게 아무 권리도 없어. 그건 확실하게 안다. 하지만 내가 널 자랑스러워한다는 것만은 알아다오. 쉽지 않은 형편이었을 텐데 용감하고 멋진 사람이 되었구나."

이런 말을 듣는 일은 낯설었다. 플린은 뭐라고 대답해야 할지 몰라서 입술을 깨물며 창밖을 내다봤다.

플린의 당혹감을 알아챈 모양인지 다니엘이 얼른 덧붙였다.

"그리고……."

"그리고 뭐요?"

플린이 의심스럽다는 표정으로 물었다.

"그리고."

그가 다시 한번 말하고는 슬쩍 미소를 지었다.

"우리끼리 있을 때는 나한테 반말해도 된다."

티데리우스

마지막으로 밝혀진 비밀은 카심의 것이었다. 그는 침대차 두 대 사이 승강단에 서서 종이에 불을 붙이고 있었다. 바스락거리는 작은 불꽃은 짙어가는 석양에서 투명한 색종이처럼 보였다.

페도르에게 가던 플린이 발걸음을 멈췄다.

"너, 이거 금지된 행동이라는 거 알지?"

플린이 연결 발판에 선 채 물었다.

기차가 덜컹거리며 흔들렸다. 이제 이런 행동을 통제할 사람이 기차에 없다는 걸 깨달은 플린의 마음도 흔들렸다.

"그 라이터, 다니엘 거야?"

카심이 들고 있는 빛바랜 은제 라이터에는 마법 순환 기호가 새겨져 있었다.

카심이 드디어 고개를 들고 윙크를 하며 말했다.

"예전에 도둑이었다는 거, 이따금 아주 쓸모 있어."

그러고는 심각한 얼굴로 물었다.

"다니엘이 이걸 찾을까?"

플린은 다니엘이 손을 뻗어 잡았던 담뱃갑을 떠올렸다.

"응, 그런데 좀 더 가지고 있다가 돌려줘."

카심은 킥킥대며 웃고는 벌레가 파먹듯이 타들어 가는 종이에 다시 집중했다. 종이는 사각형이었고, 경기장이 그려진 것처럼 보였다.

"그게 뭐야?"

플린이 묻고는, 작은 불길이 바람에 밀려 다가오자 안전하게 한 걸음 뒤로 물러섰다.

카심이 나지막하게 한숨을 내쉬었다.

"목록."

그런 다음 다시 한번 힘주어 말했다.

"목록이야. '플로레트 놀리기' 목록. 나 자신과 했던 내기지. 올해 90초 안에 마담이 사표를 내게 만드는 데 성공하겠다는 거였어. 물론 흥분해서 즉흥적으로 그렇게 하도록 말이지."

그의 입꼬리가 쪼그라들었다.

"성공할 뻔했지. 그런데 '이런 식'이 될 거라곤 미처 예상하지 못했어."

플린은 무드등처럼 허공을 떠다니는 작은 불꽃을 바라보면서 동의했다.

"그래, 이런 거야 계획하지 않지."

마담 플로레트가 소름끼치는 교사였는지는 몰라도, 살면서 더 나은 것을 누릴 자격은 있었다. 그런데 이제 실종됐다. 마담이 아직 살아 있는지 아는 사람은 아무도 없었다. 게다가 가라비나는 아직도 혼수상태로 양호실에 누워 있었다.

플린은 난간 너머로 몸을 뻗고, 쇠로 만든 거대한 뱀처럼 풍경 속을 휘어 달리는 기차를 돌아봤다.

"내가 집으로 돌아가야 하더라도 그게 끝은 아니야. 방법은 아직 모르지만, 어쨌든 나는 욘테 오빠뿐 아니라 예티도 찾을 거야. 정말이야."

플린이 속삭였다.

마지막 날이 밝았다. 플린은 마지막으로 식당차에서 아침을 먹고, 마지막으로 학교 로고가 새겨진 접시들이 달그락거리는 소리를 들었다.

기차를 탈 때 입었던 체크무늬 셔츠를 잘 접어서 텅 빈 옷장 속에 조심스럽게 넣었다. 그 대신 너무 큰 욘테 오빠의 노란색 셔츠를 오전 내내 입고 있었다. 플린은 셔츠가 바뀐 걸 컬리가 알아채지 못하길 바랐다.

이 기묘한 2주가 지난 뒤에 플린에게 남은 것이라고는 욘테가 오래전에 보낸 엽서를 제외하면 불에 그슬린 그의 차표와 기차 탑승 기간에 써둔 '아늑한 목록'뿐이었다.

'아늑한, 괘종시계, 마법, 오페레타, 플레이아데스 성단.'

이제 플린의 삶이 된 단어들이었다. 새로운 삶을, 진짜 삶을, 이곳 기차에서의 삶을 의미하는 단어였다.

페도르가 맞은편 마담 플로레트의 침대에 양반다리를 하고 앉아 플린이 동화 속 존재이기라도 한 듯, 그래서 자기 때문에 혹시 놀랄까 봐 두렵다는 듯이 말없이 바라보다가 입을 열었다.

"그런데 너 왜 유니콘처럼 보이지? 록밴드 친구를 감동하게 만들고 싶어?"

플린은 페도르가 하필 지금 그와 공작들 사이의 오래된 싸움을 다시 시작하려는 건가 아주 잠깐 걱정했다. 그러다가 자기 머리카락이 반짝이는 보라색과 금빛이라는 사실을 깨달았다.

"아, 이거."

플린은 안도의 한숨을 내쉬었다.

"아니야. 얘기하자면 길어. 그 일이 없었더라면 우리가 지금 여기 이러고 있지도 않을 거야."

페도르의 입꼬리가 아주 살짝 위로 올라갔다.

"그렇다면 좋은 이야기겠구나."

그러고는 다치지 않은 팔을 들어 올렸다.

"난 거짓말을 하지 않았어. 그렇지?"

플린은 그가 무슨 말을 하는지 알아듣지 못했다. 페도르가 크게 팔을 저으며 일주일도 더 전에 했던 말을 반복했다.

"여기는 세상에서 가장 좋은 곳이야. 안 그래? 어쨌든 우리 둘에게는."

플린은 그의 눈동자에서 밝게 반짝이는 점들을 보며 마법을 떠올렸다. 위대하고 오래된 마법을.

"가장 좋지."

하지만 플린이 이 기차의 학생이 되는 일은 없을 터였다.

기차가 드디어 북부 독일 오지로 들어서자 페도르는 말하기 창피하지도, 의미가 없지도 않은 유일한 말을 꺼냈다.

"욘테를 계속 찾을게. 이 세상 끝까지. 그러면 언젠가 너도 집에서 그다지 외롭지 않겠지."

페도르를 바라보던 플린은 그가 얼마나 그리울지 이미 알 수 있었다.

플린은 재빨리 페도르의 목을 얼싸안았다. 페도르의 몸은 단단하면서도 따뜻했고, 까마귀처럼 새까만 머리카락은 검댕과 석탄과 기름 냄새를 풍겼다. 플린은 그 무거운 향기를 들이마시고 얼른 몸을 뗐다. 그러고는 '아늑한 목록'을 페도르의 손에 쥐어 주고, 페그스와 카심이 편평한 바깥 풍경을 내다보고 있는 통로로 나섰다.

플린은 페그스가 짧은 주름 스커트에 요란한 체크무늬 셔츠를 받쳐 입은 모습을 보고서 싱긋 웃었다.

이제 이들과 작별할 시간이었다. 플린은 바깥 승강단에서 기다리는 다니엘이 자기를 찾으러 들어오는 건 원하지 않았다.

"여행하면서 엽서를 보내 줘."

플린이 말했다.

"가라비나가 의식을 찾거나 마담 플로레트 소식을 듣게 되면, 그리고……."

객실 앞 유리창에 기대 있던 페그스가 플린의 뺨에 묻은 검댕을 보고서 말을 가로챘다.

"네가 가장 보고 싶어할 사람이 나는 아니겠구나. 그렇지?"

"페그스, 넌 내가 언제나 가장 보고 싶어하는 '여자'가 될 거야."

플린은 사실대로 대답하고, 뻣뻣한 머리카락에 민트 향기를 풍기는 페그스를 포옹하며 덧붙였다.

"하지만 '남자'는 아니지."

페그스가 플린의 옆구리를 살짝 때렸다.

"당연하지. 그 '남자'는 나야."

카심이 플린의 어깨를 두드리며 말했다.

바로 그 순간 플린의 근심은 멀리 사라졌다. 플린은 지금 여기, 페그스와 카심과 페도르가 옆에 있는 이 순간 자신이 마담 플로레트처럼 되지는 않을 거라고 확신했다.

아주 낮게 깔린 두툼한 구름이 유리창까지 내려와 있었다. 월드 익스프레스가 멈춰서자, 플린은 자기 삶도 멈췄다는 느낌이 들었다. 계단을 내려와 2번 승강장에 서서, 유리창 안쪽에 있는 공작들의 얼굴을 돌아봤다.

사방이 고요했다. 까마귀 우는 소리가 아주 멀리서 들려왔다.

플린은 주위를 둘러봤다. 가을과 겨울이 싸우는 동안 콘크리트가 갈라진 자리가 새로 생겨나고, 풀은 본래 색깔을 모두 잃었다. 차가운 바람이 들판을 스쳤다. 이곳은 의문의 여지 없이 전형적인 바이덴보르스텔이었다. 공기조차 건초와 비료와 고독의 냄새를 풍겼다.

"잉가가 없구나."

심연을 발밑에 둔 등반가처럼 승강단 계단과 승강장 사이에 양발을 걸치고 있던 다니엘이 말했다. 당황했지만 안심도 묻어나는 목소리였다. 어쩐지 실망한 것처럼 들리기도 했다.

"완벽한 엄마는 아니니까요."

플린이 대답했다.

플린은 불현듯 자기보다 다니엘이 더 불쌍한 것 같았다. 그는 오래된 승강장을 멍한 표정으로 둘러봤다. 이곳이 자기 집이 될 수도 있었다고 생각하는 모양이었다.

"그렇긴 하다만."

그가 다시 말을 이었다. 그의 눈동자가 비와 햇살을 동시에 받은 듯이 반짝였다.

"내가 잉가에게 시간을 알려 줬는데. 도착 시간을."

다니엘을 바라보던 플린은 그와 자기 엄마가 운명의 짝이었다는 걸 깨달았다. 이제 두 사람은 모두 불행했다. 하지만 어쩌면 위대한 사랑이란 스스로 작동하지 못하는 것이기 때문인지도 모른다. 솔직히 말해서 위대한 사랑이 스스로 작동한다고 말할 수 있는 사람이 누가 있으랴?

"사는 게 다 그렇죠."

한참 뒤에 플린이 말했다. 다니엘이 엄마 이야기를 하면서 "그랬어."라고 말했을 때처럼 돌이킬 수 없다는 듯한 말투였다.

"하지만 반드시 그럴 필요는 없지."

다니엘이 힘을 주어 말했다.

그러나 플린은 그렇게 확신할 수 없었다.

이제 뭘 해야 할까? 그냥 가야 하나? 아니면 다니엘을 포옹해야 할까? 유리창으로 공작들이 모두 내다보고 있는데? 그런데 내가 지금 포옹을 원하기는 하는 건가? 이런 의문을 회피하려고 플린은 양손을 바지 주머니에 넣었다. 침묵이 막 불편해지려는 찰나, 그게 또 나타났다……

크고, 희고, 안개 같았다.

호랑이였다.

2주 전과 마찬가지로 호랑이는 플린에게서 몇 미터 떨어진 곳 선로에 앉아 있었다. 호랑이는 이번에도 몇 초 동안 플린을 빤히 바라보다가 의미심장한 눈빛으로 눈을 깜박였다. 플린이 미처 뭔가 반응을 보이기도 전에 호랑이는 몸을 일으켜 승강장을 따라 걸어 갔다. 그리고는 등장할 때와 똑같이 불현듯 사라졌다. 앞쪽 기관차 옆에서 부드럽게 몸을 움직여 풀 사이로 들어가더니 바람결에 사라진 것이다.

플린은 호랑이가 방금까지 앉아 있던 자리를 빤히 노려봤다. 그 순간 바지 주머니 깊숙한 곳에 있던 플린의 손가락이 딱딱하고 매끄러우며 모서리가 뾰족한 뭔가에 부딪혔다.

욘테의 엽서는 아니었다. 가장자리가 부드러운 그 엽서 역시 손에 잡혔다. 그러다가 다시 딱딱한 모서리가 만져졌다. 플린은 이맛살을 찌푸리며 그것을 꺼냈다. 손바닥만 한 사각형 청록색 종이였다. 종이에 밝은색 글씨가 실로 쓴 것처럼 쓰여 있었다.

월드 익스프레스

플린 나이팅게일

플린은 차표를 노려봤다. 주변이 빙빙 돌았다. 플린이 손에 쥔 것은 하찮아 보이는 작은 종잇조각에 불과했지만 행운을 향해 가

는 차표이기도 했다. 기차로, 세계로, 집으로 가는 차표. '진짜 집'
으로.

"이럴 수가!"

다니엘이 플린의 손에서 차표를 가져갔다. 플린의 눈길을 따라
가던 그가 무슨 일인지 드디어 깨달은 듯했다.

"누구였어?"

그가 물었다.

"누굴 봤니? 투프트? 아니면 나바나우?"

플린은 무슨 소린지 알아듣지 못했다.

"뭐라고요?"

"도요새였어, 산토끼였어?"

"호랑이였어요."

플린이 대답했다. 내가 토끼와 맹수를 구분할 줄 알았던가? 갑자
기 확신이 서지 않았다. 그런데 도요새는 어떻게 생겼지?

다니엘은 하마터면 플린의 차표를 떨어뜨릴 뻔했다. 그래서 안
전하게 플린에게 차표를 얼른 돌려줬다.

"정말? 호랑이였다고?"

"하얀 호랑이였어요."

플린은 그 말에 모든 것이 담겨 있다는 듯이 대답했다.

"투명했고?"

"약간은."

다니엘이 미소를 지으며 말했다.

"정령이라서 그래."

"뭐라고요?"

플린이 다시 한번 묻자 그가 대답했다.

"그 호랑이는 세상을 방랑하는 떠돌이 셋 중 하나야. 티데리우스라고 하는데, 가장 드물게 나타나지. 그 셋은 세상을 떠돌아다니면서 적합한 학생들을 찾아. 용감하고, 재능 있고, 뭔가 하려는 욕구가 있는 학생을. 그 학생들에게 기차가 왜 필요한지, 기차에 그 학생들이 왜 필요한지 그 이유도 찾아. 공작은 그렇게 선별된단다."

배경에 동물 세 마리가 있던 스티븐슨의 초상화를 떠올렸다. 그 생각을 왜 바로 못 했을까? 플린은 마법의 종류가 여러 가지라는 걸 깨달았다.

"하지만⋯⋯."

플린이 말을 더듬었다.

"난 기차에서 그 호랑이를 이미 여러 번 봤어요."

다니엘이 생각에 잠긴 표정으로 턱을 쓸었다.

"2주 전에 기차 노선이 이 황량한 곳으로 왜 이어졌는지 이제 알겠다. 티데리우스가 너에게 기회를 주고 싶었나 보다. 스스로 자신감을 찾을 기회. 너에겐 잠재력과 재능이 이미 있어. 그에 대한 믿음만 없었지. 익스프레스에서 지내는 동안 네게 그 믿음이 생긴 것 같다. '플린 나이팅게일⋯⋯ 안개 공작에서 공작으로.'"

다니엘이 광고 문구를 낭독하듯 말했다. 그러고는 슬쩍 미소를 지으며 플린에게 팔을 내밀었다.

"자, 이제 할 말은 이것뿐이구나. 돌아온 걸 진심으로 축하한다!"

플린은 그와 차표를 번갈아 빤히 봤다. 승차 날짜는 오늘이고,

하차 날짜도 적혀 있었다. 두 날짜의 간격은 거의 5년이었다. 스스로 어떤 잠재력이 있는지, 뭘 할지 알아낼 수 있는 5년이란 시간. 뭔가 하게 되리라는 건 의심할 여지 없이 확실했다.

플린은 호랑이가 사라진 방향을 바라보며 눈을 깜박거리다가 나지막하게 말했다.

"그 정도면 충분해. 티데리우스, 고마워."

밀려오는 바람에 쏴쏴 소리를 내는 풀들이 마치 티데리우스의 줄무늬처럼 보였다.

이제 여행을 시작하려고, 뭔가 찾으려고 '도착했다'는 감격스러운 기분을 느끼며 플린은 다니엘이 내민 손을 잡고 승강단을 다시 올랐다.

다니엘은 기차가 떠나기 전에 플린에게 20분이라는 시간을 줬다. 그래서 플린은 긴 편지를 승강장에 남겼다. 엄마가 그 편지를 발견하리라고 확신했다. 편지는 기이한 사건과 모험과 비밀들로 가득했다. 플린은 외국의 역들을 방문한 이야기, 설거지한 이야기, 실패한 파쿠르 대결과 속삭이는 별자리들 이야기를 썼다. 페그스와 카심, 페도르와 다니엘 이야기와 허깨비 공작들에 대해 이야기하고, 이 수수께끼를 풀려는 자신의 결심도 알렸다. 지금 집에 돌아가지 않게 되어 유감스럽지만, 이럴 수밖에 없다는 말도 썼다.

드디어 기차가 출발하자, 플린은 역 시계를 돌아봤다. 오후 2시 22분이었다. 이번에는 정말 오랫동안 이곳을 못 보게 될 터였다.

다니엘이 플린에게 공작 휴게실 문을 열어 줬다. 플린이 들어서자 박수갈채가 터져 나왔다.

플린이 빙그레 웃으며 생각했다.

인생은 어둡고 부당하고 메스껍다는 말이 맞기는 하지만 늘 그런 건 아니야.

가끔은 아주 다르기도 하지.

월드 익스프레스의 규칙들

모든 학년 공작들에게 적용
조지 스티븐슨이 제정

1. 차량 안에서나 연결 발판에서 달리거나 껑충 뛰거나 다른
   사람을 밀치지 말 것.

2. 취침 시간인 22시부터 6시까지는 침대차에서 나오지 말 것.

3. 기차 내부 정보를 승객에게 전하지 말 것.

4. 전기로 작동하는 기계를 사용하지 말 것.

5. 이른바 마지막 차량이라고 불리는 곳에 출입하지 말 것.

6. 허락 없이 마법 공학적 발명품에 손대지 말 것.

7. 기차에 무임승차하지 말 것.

8. 특별 허가가 없는 한 지붕에 올라가지 말 것.

9. 허락 없이 주방과 창고에 출입하지 말 것.

10. 기관차에 출입하지 말 것.

11. 습득물은 관리인에게 제출할 것.

12. 수업 방해 금지. 수업 시간에 지각하거나 화장실 가는 것 금지. 잠자는 것도 금지. 혹시 잔다면 최소한 코는 골지 말 것.

13. 자습 시간에는 침묵할 것.

14. 수업 시간과 자습 시간, 금요일 저녁과 특별한 계기가 있을 때는 교복을 입을 것.

15. 학생 동아리 가입. 특히 스티븐슨 동아리 가입 여부는 교장이 결정함.

16. 기차 외부 사람과의 소통은 전보와 편지로만 가능함.

17. 기차 내부에서 훌륭한 예의범절은 의무임.

18. 기차 외부에서의 행동거지 역시 기차 내부에서와 같이 유념할 것.

19. 팔과 머리, 다리를 창문이나 문, 난간 너머로 뻗어서는 안 됨. 난간 아래로 뻗는 것도 금지.

20. 모든 결정은 종류 여하를 불문하고 승객들과 세상의 안전을 위해 내려져야 함.

21. 중대한 규칙 위반은 국제 익스프레스 본부에서 해명해야 함.

월드 익스프레스의 규칙들

F. 플로레트가 보완함

22. 파쿠르 대결 금지.

23. 내기, 특히 파쿠르 대결과 관련된 내기 금지.

24. 손전등 또는 밤에 돌아다니는 데 도움이 되는 모든 물건 소지 금지.

25. 수업 시간 또는 자습 시간에 속삭이는 만년필이나 그 외 생각을 도와주는 다른 도구들 사용 금지.

26. 모든 록밴드 팬 셔츠는 입지 말 것.

27. 유리창 바깥으로 오줌 누는 것 금지. 특히 전속력으로 달릴 때는 더더욱 금지.

28. 시간표에 따른 정차 후. 월드 익스프레스는 언제나 정각 12시에 다시 출발함. 기차에 타지 못한 학생들은 이 일로 자신에게 발생하는 모든 불행에 스스로 책임을 져야 함.

29. 카페 음료는 카페 또는 식당차에서 마셔야 함.

30. 도서관 책들은 저녁에 원래 있던 도서관 차량 책장에 가져다 놓을 것.

월드 익스프레스의 규칙들

F. 플로레트가 다시 보완함

31. 자연스럽지 않은 색깔로 머리카락을 염색하는 행위 금지.
특히 파란색 금지.

32. 자정 이후에 생강 스나프 섭취 금지.

DER WELTEN-EXPRESS, vol.1
by Anca Sturm, cover illustration and vignettes by Bente Schlick
© 2018 CARLSEN Verlag GmbH, Hamburg, Germany
All Rights Reserved Korean translation ©2020 by YellowPig
Korean translation rights arranged with CARLSEN Verlag
through Orange Agency

초록서재 청소년 문고

움직이는 기차 학교 · 2부

초판 1쇄 2020년 10월 30일 | 글쓴이 앙카 슈투름 | 옮긴이 전은경 | 펴낸이 황정임
초록서재 (도서출판 노란돼지) | 경기도 파주시 문발로 115(파주출판문화정보산업단지), 307 (우)10881
전화 (031)942-5379 | 팩스 (031)942-5378 | 등록번호 제406-2015-000137호 | 등록일자 2015년 11월 5일
편집 김성은, 박예슬 | 디자인 유고운, 이재민 | 마케팅 양경희 | 경영지원 손향숙 | 교정·교열 김남희

도서출판 노란돼지는 독자 여러분의 의견을 기다립니다. yellowpig.co.kr
ISBN 979-11-957187-8-8 44850 | ISBN 979-11-957187-6-4 (세트)
ⓒ초록서재(도서출판 노란돼지)

이 도서의 국립중앙도서관 출판시도서목록(CIP)은
e-CIP 홈페이지(http://www.nl.go.kr/ecip)에서 이용하실 수 있습니다.
(CIP제어번호: CIP2020037636) 값은 표지 뒷면에 있습니다.

이 책에 쓰인 글꼴(폰트)은 '국립박물관문화재단클래식' 서체입니다.

독일에서 출간된 《DER WELTEN-EXPRESS》 vol.1을 한국어판에서는 두 권으로 나누어 출간하였습니다.